KB079673

사람들이 그를 잊는다면
돌과 샘, 꽃과 새 들이
그에 대해 이야기를 할 것이다

HESSE

아시시의
성 프란치스코

헤르만 헤세

정성원 옮김

열림원

일러두기

1. 『아시시의 성 프란치스코*Franz von Assisi*』의 본문은 1904년 5월에 쓰여 10월에 모음집 『작품*Die Dichtung*』 제8권에 실렸다. 부록의 글들은 그 후에 쓴 것으로, 서평 「아시시의 성 프란치스코의 작은 꽃다발Der Blütenkranz des heiligen Franziskus von Assisi」은 1905년 5월 21일 자 「노이에 취르허 차이퉁Neue Zürcher Zeitung」에, 단편 「꽃놀이: 아시시의 성 프란치스코의 유년 시절Das Blumenspiel: Aus der Kindheit des Heiligen Franziskus von Assisi」은 1919년 9월에 쓰여 1920년 2월에 『펠하겐 & 클라징스 모나츠헤프테*Velhagen & Klasings Monatsheften*』에 실렸다.

2. 본문의 주는 모두 옮긴이 주이다.

들어가며

　예로부터 세상에는 이따금 위대하고 훌륭한 사람들이 살았는데, 그들은 외따로 엄청난 일을 벌이거나 시집과 책 들을 써서 명성을 얻으려 한 사람들은 아니었다. 그러나 모든 민족과 시대 들에 크나큰 영향을 준 사람들이었으니, 누구나 그들을 알고 있었고 그들에 대해 열정적으로 말을 주고받았으며 그들을 더 많이 경험하길 갈망했다. 그러기에 그들의 이름과 더불어 그들이 행한 일이 모두의 입에 오르내리며 수백 년이 흐르는 동안 시대의 격랑 치는 변화에도 결코 사라지지 않았다. 그러한 사람들이 영향을 끼친 것은 단지 어느 산란한 작품이나 연설이나 예술을 통해서가 아니라, 오히려 전적으로 그들의 오롯한 삶이 유일하고 위대하고 조화로운 정신에서 비롯하고 모든 눈길 앞에서 참답고 숭고한 모습과 본보기로 서 있었기에 가능했다.

　이런 모범적인 사람들은 유일하고 드높은 정신에 기대어 그들의 모든 행동과 생활을 이끌어나가면서, 설령 위대한 작품을 단 한 권도 이루어 선보이지 않더라도 자신의 순수한 삶 속에서 스스로 진정한 대가와 승리자가 되었다. 마치 건축가와 예술가가 대성당이나 궁전을 그때그때의 독단이나 이리저리 흔들리는 기분이 아니라, 명확하고 생생한 사상과 계획으로 끝까지 그릇됨 없이 지어나가는 것과 마찬가지였다. 그들은 전적으로 열정적이고 위대한 사람들이었다. 그들은 스스로와 이웃의 관습과 품성 너머에 있을, 그리고 늘 그들의 행동과 희망을 바로잡는 영원한 법을 깨달을 때까지 무한함과 영원함을 애타게 갈망했으며 휴식과 건강은 아랑곳하지 않았다.

　그들은 시인이거나, 성인(聖人)이거나, 기적을 일으키는 자이거나, 현자이거나 예술가였다. 그들은 자신만의 독특한 방식과 재능에 따라 각각 달랐으나 똑같이 닮은 점이 있었다. 그들은 이 세상살이의 덧없음과 무력함 속에서 영원함과 불변함의 알레고리에 놀라고, 하늘과 땅이 그들의 가슴속에서 결합하고 영원한 삶의 불길로 속됨과 죽음을 불태워버리기를 꿈꾸며 참을 수 없는 열망과 열정에 빠졌던 것이다. 이러한 방식으로 그들의 삶은 치명적인 시간의 굴레와 속세의 결함으로부터 구원받았으며, 그리하여 모든 우연한 일들과 육체적 껍질에서 해방된 미증유의 기적으로 서게 되었다.

이 위대한 사람들이 이런 방식으로 살아낸 모든 삶은 세상 창조 때로 회귀한 것과 다르지 않으며 천국에서 보낸 간절한 말씀과 다르지 않다. 위대한 예지자(叡智者)와 영웅 들은 언제나 탁한 물은 마시지 않으려 했고, 결코 몽상에 빠져들지 않았으며, 존재를 대신하는 이름과 실재를 대신하는 이미지에 결코 만족하지 않았다. 오히려 그들은 그칠 줄 모르는 정열 속에서 모든 힘과 삶을 비롯하는 최초의 순수한 원천을 추구했으며, 그들과 같거나 아주 비슷한 영혼들보다는 땅과 식물과 동물 들 같이 비밀에 가득 찬 영혼들과 사귀었고, 이미지와 상징과 텅 빈 그림자 들보다는 절박함과 절절함 속에서 신과 직접적으로 대화하기를 갈망했다.

그리고 이를 통해 그들은 다른 모든 사람들을 하느님과 친밀하게 하고, 세상 창조의 비밀을 새롭게 하여 가치 있고 고귀하게 하고 거룩한 영감 속에서 일깨웠다. 우리가 스스로 믿어 마지않는 표상과 대대로 내려오는 관습 들 속에서 충분히 살 수 있다고 믿는 동안에, 그들은 마치 그들이 세상의 첫 사람들인 것마냥 하늘과 땅에, 말하자면 벌거벗은 채 맞섰던 것이다.

이렇게 진정으로 심오한 본질로 충만한 사람들은 처음에는 자주 미치광이로 놀림을 받았다. 또한 그 진심을 늘 이해

할 수 없거나 미친 것으로 여기는 사람들도 넘쳐났다. 그러
나 진실된 마음으로 위대한 사람의 삶을 응시하려는 사람에
게 그들은 심연에서 솟구쳐 쏟아져 나오는 분출처럼 보일 것
이며, 인류 모두를 향한 격정적인 외침처럼 들릴 것이다. 진
실로 이런 삶은 언제나 고상한 인격으로 이루어지는 꿈이며
완연히 드러나는 그리움이자 온 세상이 바라는 영원함이기
때문이다. 그 속에서 덧없이 살아가는 피조물은 자신의 운명
을 영원한 별들에 결합하려 자꾸만 되풀이해서 노력한다.

우리가 중세Medium Aevum라고 부르는 먼 옛날에 사람들
과 민족들 사이에서 섬뜩하고 적대적인 폭력이 갈수록 늘어
나고, 전쟁으로 인한 궁핍과 대량 살육으로 두려움과 탄식
이 온 땅을 뒤덮었다. 황제와 교황 사이에선 피로 얼룩진 불
화가 타올랐고, 권력자는 도시를 공격했고, 귀족과 민중은
여기저기에서 쓱쓸한 반목에 빠져들었다. 그리고 세상의 주
인인 로마 교회는 인류의 평화에 매진하기보다는 군비 확
충, 동맹과 외교, 금지와 처벌에 더 기를 썼다. 두려움에 휩
싸인 민중에게는 심각한 위기가 닥쳤다. 그러자 곳곳에서
새로운 스승과 공동체 들이 등장해 죽음을 무릅쓰고 교회의
극심한 박해에 저항했다. 다른 이들은 큰 무리로 길게 늘어
서서 좋다고 하는 땅을 끝없이 찾아 나섰다. 통솔과 안전은
그 어디에도 없었다. 이 서양과 세상의 중심은 겉으로는 영

광으로 가득 찼지만 곧 피를 쏟으며 죽을 것 같아 보였다.

양심에 굶주리고 경건에 침잠한 어느 무명(無名)의 움브리아[1] 청년은 마음속으로 솔직하고 담담하게 자신의 삶 속에서 그리스도의 겸허하고 충성스러운 제자가 되기로 결심했다. 많은 벗들이 그를 따랐는데, 처음에는 두셋이었다가 나중에는 수백 명, 그러고 나선 수천 명이 되었다. 움브리아의 이 겸손한 청년은 등불처럼 살며 샘처럼 나날이 새로워지고 사랑으로 세상을 덮으며 지금 우리 시대까지 여전히 찬란하게 빛나고 있다.

이 청년은 아시시의 성 프란치스코라 불리는 조바니 베르나르도네로, 예지자이며 영웅이자 시인이다. 그의 기도나 노래 한 편만이 겨우 남아 있을 뿐이지만, 그는 우리에게 산문과 시 대신에 자신의 소박하고 순수한 삶의 추억을 남겼다. 그 삶은 수많은 시 작품들을 넘어선 아름다움과 말 없는 고귀함으로 높이 서 있다. 그러므로 이러한 그의 삶을 이야기하려는 사람은, 내가 기꺼운 마음으로 삼가는 더 이상의 자세한 말과 생각이 필요치 않을 것이다.

---

1 움브리아Umbria는 이탈리아 한가운데에 있는 주로, 토스카나, 라치오, 마르케 주 사이에 있다. 프란치스코의 고향인 아시시가 속해 있는 지역으로, 주도는 페루자이다. 이 지역은 로마 및 교황령과 붙어 있었고, 로마에서 베네치아와 아드리아 해, 멀리로는 알프스와 남부 독일로 가는 길목이 되어 고대 로마 때부터 크고 작은 전쟁과 정치적 변동이 끊이질 않았다.

성 프란치스코의 삶

열두 번째의 백 년 때에 움브리아 땅의 아시시에 피에트로 베르나르도네Pietro Bernardone라는 한 상인이 살았는데, 그는 막대한 부를 지녔고 주민들의 존경을 받았으며, 포목상으로서 상류층 상인 계급에 속했다. 당시의 풍습과 직업의 특성상 베르나르도네 씨는 여러 유명 시장에서 옷감을 구입하기 위해 종종 먼 도시와 나라로 여행을 떠났다. 그는 상인으로서의 이점과 즐거움을 누리면서 프랑스 남부 지방을 다녔는데, 거기에는 영원히 사라지지 않을 큰 시장으로 여겨지던 부유한 도시 몽펠리에Montpellier가 있었다. 그곳에서 그는 프랑스 말은 물론 관례와 풍습을 배우고 다양한 지식을 습득했다. 오늘날에도 마찬가지지만 당시에 무역을 하던 상인들은 보통 사람들과는 다른 기질과 생활 양식을 갖고 있었다. 그들은 여행을 다닐 때에는 종종 큰 위험에 부딪히기 때문에 반쯤은 기사 노릇을 하기도 했다. 그리고 그들은 한 나라에서 다른 나라로 호기심거리와 지식 들을 잔뜩 옮기기도 했으며, 군주와 권력자 들의 사무를 관리하기도 했고, 모든 새로운 사건, 가르침, 노래와 소식 따위의 뜻하지 않은 전령이나 사절단이 되기도 했다. 이렇듯 그들은 온갖 세상 물정과 세련된 풍습을 자기 것으로 만들었을 뿐만 아니라 온 세상에 여러 학문들과 현자들의 새로운 사상과 가르침을 옮겼다.

베르나르도네 씨라 불리는 이 사람은 도미나[2] 피카Domina Pica를 아내로 맞아들였는데, 그녀가 귀족 집안 출신이라는 것(그래서 그녀가 도미나로 불렸다는 것) 이외에는 딱히 알려진 바가 없다. 피카 부인의 출신지가 프로방스 지방이라는 것은 믿을 만하다. 이 지방에서 그의 남편이 자유롭고 경쾌한 프랑스식 기질과 프랑스 말을 즐겨 배워온 바 있기 때문이다. 옛 저술가들이 이 귀족 출신 부인에 대해 쓸 말이 적을수록 사람들은 그녀가 노래와 시를 사랑하고 기도에 열정적이라고들 하는 프로방스 사람들의 기질을 이어받았으며 사랑스럽고 온화하고 명랑하다고밖에는 도저히 상상할 수 없는 인품을 지녔다고 더더욱 믿으려 할 것이다. 그 아들

---

2 "주인", "소유자"를 뜻하는 라틴어 도미누스Dominus의 여성형 명사인 도미나 Domina는 고대 로마에서 유래한 말로 귀족 여성을 높여 부르는 옛 경칭이다.

의 삶과 지혜를 살펴본다면, 그에게 더할 나위 없이 좋은 어머니가 있다는 생각을 떨쳐낼 수 없는 것이다.

당시에는 어디에서나 신앙과 교회보다 더 심각한 화제로 떠오르는 것이 없었다. 교회는 겉으로는 위대한 승리를 거두었지만 속으로는 경직된 죽음으로 더럽혀져 있었다. 이로 말미암아 무엇보다도 가난한 사람들 사이에서 탄식이 끊이질 않았다. 오늘날 우리 시대에도 일어나는 것처럼, 당시 사람들은 마치 메말라버린 농토와 마찬가지이거나 고통과 욕망에 울부짖고 몸서리치는 사냥감과 마찬가지였다. 길을 잃은 한 아이가 어두운 숲 속에서 절망하여 겁을 집어먹고 극심한 공포에 시달리며 도와달라고 소리 지르듯이, 목이 말라 죽을 지경에서 맑은 샘물을 갈망하면서 영혼 속에서 끓어오르는 열정으로 그렇게 소리 지르고 힘겨워한 것이다. 예언자들이 여기저기에서 봉기하고, 현자와 회개자 들이 반발하고, 소망에 가득 찬 공동체들이 모여들었지만, 교회는 그들을 이단과 배교자로 파문하고 박해했다.

특히 프랑스에서 가장 큰 힘을 떨쳤던 이런 움직임[3]에 대해서 모두가 새로운 사실을 알고자 하는 욕구가 대단했기에, 여행 중인 무역상은 수많은 이야기를 듣고 어디를 가나 끊임없이 질문을 받았을 것이다. 베르나르도네 씨 또한 이

---

3 본문에 나오는 발도 파(派)를 말한다. 이에 대해선 40쪽을 참조.

일들에 대해 잘 알고 있었으며, 이에 대해 집에서 이야기를 많이 나눴을 것이다. 왜냐하면 곳곳에서 인류는 하느님의 말씀과 살아 있는 신앙을 갈망하며, 교회의 가르침과 관습 속에 갇혀 바짝 마르고 시들어버린 영원한 것들을 동경했기 때문이다.

이외에도 베르나르도네 씨는 세상의 다툼, 전쟁과 기사들, 당시 통치자였던 프리드리히 바르바로사Friedrich Barbarossa 황제[4]에 대해 말을 주고받았다. 레냐노Legnano의 승전[5]으로 이탈리아 도시들이 바르바로사로부터 많은 권력을 낚아챘으나, 하인리히 6세[6]가 바르바로사의 뒤를 잇더니 다시금 이탈리아 땅을 심각한 곤경에 빠뜨렸다. 그 무렵 황제는 아시시에 매정한 총독을 보냈는데, 그가 바로 스폴레토 공작

---

4 1122년경에 태어나 1190년 6월 10일에 죽은 신성로마제국 황제 프리드리히 1세의 별칭으로 바르바로사는 "붉은 수염"이란 뜻이다. 1155년에서 1190년까지 황제로 재위하면서 독일 전역에 막강한 권세를 행사하고 교황권과 경쟁하며 이탈리아 경영과 십자군 원정에 몰두했다. 살라딘의 라이벌로 유럽과 아랍 세계에 이름을 떨치다 십자군 원정 중에 익사했다.

5 레냐노는 북부 이탈리아 롬바르디아 지방에 있는 작은 도시로, 밀라노에서 북서쪽으로 약 20킬로미터 정도 떨어져 있다. 1176년 5월 29일에 이 도시 근방에서 롬바르디아 동맹과 바르바로사의 군대가 전투를 벌여, 양측이 막대한 피해를 입은 끝에 롬바르디아 동맹이 승리했다. 이 전투의 패배를 계기로 바르바로사가 지닌 북부 이탈리아의 영향력이 결정적으로 쇠퇴했다. 베르디의 오페라 「레냐노의 전투」가 이 사건을 바탕으로 만들어졌다.

6 바르바로사의 둘째 아들로 1165년에 태어나 1197년 9월 28일에 죽은 신성로마제국 황제이며, 바르바로사에 이어 1191년부터 1197년까지 재위했다. 시칠리아와 남부 이탈리아 정복과 십자군 원정에 골몰한 나머지 독일에 대한 영향력을 크게 잃었다.

Herzog von Spoleto으로 불리는 슈바벤 출신의 콘라트[7]였다. 그는 도시가 내려다보이는 성채에서 나라와 사람들을 가혹하게 통치했다.

베르나르도네 씨 가문은 온갖 운명적인 세계적 대사건의 소식을 모았다. 그리고 그럼으로써 세상살이에 다양하고 민첩하게 대처할 수 있었다. 아시시는 오늘날에도 여전하듯이 아주 아름답고 사랑스러운 곳이며 삶의 터전이었다. 아시시는 점차 가파르게 올라가는 높은 구릉 위에 놓여 있고, 뒤쪽으로는 인상적인 수바시오Subasio 산[8]이 솟아 있다. 아시시에서 수많은 도시와 크고 작은 마을과 수도원 들을 품은 움브리아 땅 전체를 아우르며 저 멀리까지 보이는 고귀한 풍경은 이탈리아에서도 가장 아름다우며 비옥한 곳으로 꼽힌다.

피카 부인이 아시시에서 아기를 낳은 때는 주님이 오신 해에서 1182년이 되는 해였다(또는 1181년이라고도 한다).

---

7 하인리히 6세의 동생인 콘라트 폰 우르슬링엔Konrad von Urslingen을 말하며, 우르슬링엔은 현재 독일 바덴뷔르템베르크 주의 슈바벤 지방인 이르슬링엔Irslingen을 말한다. 스폴레토 공작령을 획득한 바르바로사가 1176년(또는 1177년)에 콘라트를 그곳의 공작으로 봉했다. 그 후 콘라트는 1198년(또는 1202년)까지 스폴레토 공작으로 있으며 아시시의 백작을 겸했다. 스폴레토는 움브리아 지방의 작은 도시인데, 스폴레토 공작령은 현재의 움브리아와 마르케 일대에 걸친 좀 더 넓은 지역이었다.

8 옛 로마 시대부터 아시시와 인근 지방에 벽돌과 땔감과 물을 공급해주던 1,290미터 높이의 산으로 현재 국립공원으로 지정되어 있다.

16

그때에 그녀의 남편은 프랑스 땅에서 여행을 하고 있었다. 어머니는 아기의 이름을 요하네스로 하기로 했다. 아기가 태어난 날에 아무도 모르는 어느 늙은 순례자가 집으로 들어와 아기를 보기를 간절히 청하고 팔에 안았다. 그는 아기를 자애롭고 황홀한 눈빛으로 바라보더니, 큰 목소리로 새로 태어난 이 아기가 위대하고 영화로운 운명을 지녔다고 예언하는 찬미가를 불렀다. 그러고 나서 아기는 조바니, 즉 요하네스라는 이름으로 대성당[9]에서 세례를 받았다.

그런데 시간이 흐른 후에 여행에서 돌아온 아버지 베르나르도네는 아기를 프란치스코Franziskus[10]라고 이름 지었고, 아기는 영원히 그 이름을 간직했다. 다들 알다시피 베르나르도네 씨는 프랑스 땅과 프랑스적인 것을 특히 좋아했다. 프란치스코도 아주 어린 나이에 프랑스 말을 배웠고, 후에 기쁨에 넘쳐 아름다운 노래를 부를 때에 즐겨 사용했다.

한편 아이는 자라면서 초보 수준의 글쓰기와 라틴어를 배웠을 뿐 지나치게 많은 가르침은 받지 않았다. 또한 일생 동안에도 마지못해 그리고 간신히 붓을 들었다. 이렇게 보면 그는 아주 훌륭한 학자로 자란 건 아니었지만, 그럴수록 더더욱 즐겁게 어린 시절을 누렸고, 맑은 눈으로 하루하루를

---

9 아시시의 주교좌성당인 성 루피노San Rufino 대성당을 말한다. 이후 본문과 주석에 나오는 대성당은 "주교좌성당"이란 말과 같다.

10 "프랑스 사람"이란 뜻이다.

맞이하였다. 그는 명랑하고 밝은 성정을 지녔고 모든 아름다움과 생기를 마음에 담고 있었다.

그가 청년으로 자라나는 사이에, 마치 기이하고 굉장한 일을 자발적으로 벌여야만 한다는 듯이 그는 어떤 동경을 향해 마음이 움직이기 시작했다. 그렇게 그의 푸릇한 영혼 안에서 목적도 확신도 없이 푸드덕거리는 날갯짓 같은 충동이 어둡게 숨은 채 싹텄다. 몰아치는 열정으로 그는 자신을 세상에 내던져 세상의 모든 찬란한 가치를 알아채고 독점하려는 거대한 욕망으로 가득 찼다. 무엇보다도 그는 자신이 천성적으로 좋아하는 기사로서의 화려한 생활에 헌신함으로써 고귀하고 매력적으로 보이길 원했다. 또한 당시에 프랑스에서부터 트루바두르troubadour[11]들의 달콤하고 강렬한 초기 연애시들이 울려 퍼졌다. 이 뜨거운 젊은이는 프랑스를 먼 고향처럼 사랑했던 것처럼 열정과 영감을 불러오는 이 연애시들에 깊이 감동했다. 기사와 트루바두르가 되는 것이 그의 가장 간절한 꿈이자 소원이었다.

그의 아버지는 귀족은 아니었지만 부유했고 존경을 받았기 때문에, 프란치스코는 젊은 귀족 자제들과 좋은 우정을 맺었고, 무기 쓰는 법과 노래를 연습했고, 돈을 많이 써서

---

11 서양 중세 때에 남프랑스를 중심으로 활동한 시인이자 음악가들을 말한다. 주로 고귀한 여성을 동경하거나 용감한 기사를 찬미하는 노래를 짓고 불렀으며 매우 풍부한 형식과 내용을 남겼다.

다른 귀족 젊은이들보다 완벽하게 모든 것을 경험했다. 그는 세상의 부귀영화를 만끽하면서 화려하고 아름답게 옷을 입고 진수성찬과 연회를 베풀고 승마, 칼싸움, 놀이와 춤과 온갖 오락을 즐겼다. 그의 동료와 친구 들은 그를 아주 사랑했는데, 부분적으론 그가 가진 돈 때문이기도 했지만 대부분은 그의 즐겁고 자애롭고 정직한 귀족적 태도에 기인했다. 그는 섬세한 예의범절과 고상한 마음가짐에서 그 어떠한 상류 출신의 남작들에게도 뒤지지 않았던 것이다. 무엇보다 그는 참다운 기사에게 어울리는 것처럼 보이는 거리낌 없는 지출과 선물을 마음에 들어 했다. 곧 그는 젊은 귀족 자제들 사이에서 우두머리와 왕이 되어 프린쳅스 유벤투티스princeps juventutis[12]로 불리게 되었다.

하지만 그는 여리고 동정심 많은 마음을 유지했다. 어느 불행한 거지가 그의 아버지의 상점으로 들어와서 하느님의 이름으로 조그마한 적선을 청하는 일이 처음으로 일어났을 때 프란치스코는 분노하여 그를 몹시 꾸짖고 밖으로 쫓아냈다. 그러나 곧바로 자신의 가혹한 처사에 마음이 아파 깊게 뉘우치고는 골목길을 뒤져 거지를 따라가서는 두 배로 베풀었다.

---

12 프린쳅스princeps는 본디 고대 로마의 원로원 지도자를 일컫는 말이었으나 아우구스투스가 자신을 황제imperator라 칭하기를 꺼리면서 빌려 와 쓰고 나서부터 "황제"의 뜻을 갖게 되었다. 이 말에서 군주나 왕자를 뜻하는 영어의 프린스prince가 유래했다. 프린쳅스 유벤투티스는 "젊은 프린쳅스"라는 뜻으로 황제의 지명 후계자를 가리키는 말이다.

그 사이에 시국이 불안해졌다. 황제의 총독인 스폴레토 공작 콘라트 씨가 교황[13]에게 항복하고 아시시를 떠나자마자, 도시의 주민들은 그의 성에 쳐들어가서 함락시키고는 돌 하나 남기지 않고 모조리 무너뜨려버렸다. 그러나 주민들이 저지른 이런 행동은 결코 이로운 결과를 낳지 못했다. 하층민들은 성채를 파괴하는 것으로 만족하지 않고 방화와 살인을 저지르며 귀족들에 대항하여 싸우기 시작했다. 귀족들은 심각한 위기에 빠졌다. 남작들 중에서 몇몇은 곤란한 지경을 못 이겨 페루자 시에 구조와 보호를 탄원했다. 그러자마자 이 강력한 도시는 아시시의 주민들과 전쟁을 벌여 승리했다. 이 전쟁 때에 수많은 동료들과 더불어 프란치스코 또한 함께 싸웠다. 그러나 배신자의 편에서가 아니라 고향을 위해 참전한 것이었다. 프란치스코는 다른 많은 사람들과 함께 적들에게 사로잡혀 페루자로 끌려갔다. 그곳에서 그는 한 해 내내 갇혀 있었고, 1203년 말에야 아시시로 돌아올 수 있었다.

감옥 생활 동안에도 젊은 프란치스코는 기쁜 마음을 잃지 않았다. 바지런해서 다른 사람들의 기분을 풀어주고 위로해

---

13 1198년에서 1216년까지 재위한 이노첸츠Innozenz 3세를 말한다. 원래 이름은 로타리오 데이콘티 디세니Lotario dei Conti di Segni로 세니 백작 집안 출신이며 교황 클레멘스 3세(1130~1191)의 조카다. 중세 가톨릭교회의 전성기를 이끈 인물로 전 유럽에 걸쳐 교회의 분열을 잠재우고 독일, 프랑스, 영국의 왕들을 굴복시킴으로써 종교적·정치적으로 역사상 가장 막강한 권세와 영향력을 펼쳤다고 평가받는다.

주었고, 이전보다 더욱 강렬히 기사가 되어 전쟁에서 명성을 얻기를 꿈꾸었고 이를 숨기지 않았다. 그는 페루자에서 풀려나 고향으로 돌아오자마자 탐닉, 교만함, 낭비로 가득 찬 이전의 사치스러운 생활을 다시금 시작했다. 세상의 온갖 영화를 간절히 끌어안고 가장 깊은 곳에서 모든 즐거움을 끝까지 채우는 데에 목말라 있기라도 하는 양 세속적 욕망에 온몸을 내던졌다. 그의 역동적으로 불타오르는 심성으로는 절약하고 절제하는 것이 불가능했다. 오히려 그는 일생 동안 그가 관여한 모든 일에 넘쳐 오르는 마음으로 뛰어들었고 결코 휴식이나 만족을 몰랐다.

사람들은 프란치스코의 호사스러운 생활을 비난했지만, 어머니인 피카 부인은 가슴속에서 느끼는 바대로 아들을 감싸 안았으며 하느님께서 이 걷잡을 수 없는 피조물을 조만간 좋은 길로 인도하시리라 굳게 믿고 있었다.

얼마 후에 프란치스코는 중병에 걸려 자신을 뒤덮는 죽음의 손길을 느꼈다. 이에 늘 즐겁게 산다고 해서 충분한 것은 아니며 마음속에서 평온함이 자라야 한다는 것을 깨닫기 시작했고, 다른 선한 것들로 향하는 길을 알지 못했지만 자기 인생이 위대한 사랑에 속하기를 애달프게 바랐다. 그러나 그는 다시금 손님들을 초대하면서 호사스러운 생활로 되돌아가 고매한 명성과 진실된 명예를 얻으려 끊임없이 노력했고, 수많은 사람들 위에 군림하는 군주와 힘센 지배자가 되

21

려 한다고 자주 말하곤 했다. 그는 기사도에 모든 명예와 구원이 들어 있다고 여겼다.

남부 이탈리아에서 발터 폰 브리엔Walter von Brienne[14] 씨가 교황 이노첸츠에게 봉사하기 위해 무기를 들었다는 소식[15]이 퍼졌다. 방방곡곡에서 용감하고 야심 찬 성인과 소년 들이 그리로 달려가기로 마음먹었다. 발터 폰 브리엔 씨는 위대한 영웅이며 기사도 정신의 큰 별이었고, 그의 이름은 칼과 창처럼 쨍쨍했으며 명쾌하게 울리는 승리의 노래와 같았다. 이 소식에 젊은 프란치스코는 불타올라 세상의 모든 화려한 영예가 자기 앞에 펼쳐져 있다는 느낌을 받았다. 그와 함께 더 많은 귀족 청년들이 어느 지휘자의 통솔로 참전을 준비했다. 그런데 프란치스코의 복장이 그 어

---

14 1191년에서 1205년까지 프랑스 동북부 샹파뉴Champagne 지방의 도시인 브리엔 Brienne의 백작이자 남부 이탈리아 푸이야Puglia 지방의 타란토Taranto 영주와 레체Lecce 백작을 겸한 인물로, 흔히 발터 3세로 불린다. 그의 집안은 대대로 브리엔의 백작으로 십자군 원정에 적극적으로 참전했으며, 이노첸츠 3세 등이 주도한 4차 십자군 원정에 참여한 동생 요한 폰 브리엔Johann von Brienne은 예루살렘의 왕이자 비잔틴제국의 콘스탄티노플 황제가 되기도 했다. 1200년에서 1205년까지 발터 3세는 남부 이탈리아 및 시칠리아를 두고 하인리히 6세의 아들 프리드리히 2세와 경합을 벌였으나 끝내 져서 죽고 말았다.

15 발터 3세는 1200년에 교황에 의해 타란토와 레체에 봉해진 후, 1201년 5월엔 칼라브리아Calabria에서, 10월엔 카네Canne에서 교황의 적들을 차례로 무찌르고 급기야는 푸이야 지역 전체를 장악한다. 푸이야 지역은 아드리아 해 연안에 있으며 이탈리아 반도의 이른바 "구두 뒤축"에 해당하는 지역이다. 본문의 "소식"은 1204년 당시의 일로, 발터 3세는 독일(신성로마제국)의 권력자들에 승승장구하고 있어 많은 이탈리아 청년들의 지지를 받았다.

떤 누구보다도 화려하고 빛났기 때문에 모두가 적잖이 놀랐다. 또한 그는 많은 사람들에게, 영웅적인 군주가 되고자 한다는 대담하고 외람된 생각을 말했다. 이 모든 것이 몇몇에겐 어리석은 허풍으로 들렸겠지만 그는 가슴속 깊이 엄중한 계획으로 여기고 있었다. 그의 뜨거운 기질로는 도중에 멈추거나 만족하는 건 있을 수 없는 일이었다. 그는 오로지 열정적으로 세상에서 가장 고귀하고 영광스러운 것을 얻으려 노력했다.

모두가 가장 좋은 무구를 갖추고 나자 프란치스코는 다른 동료들과 함께 말 위에 올라서 의기양양하게 작별 인사를 외치고, 먼 세상의 전쟁과 명예와 환희를 조우한 용감한 탐험가이자 모험가가 되어 값진 장신구를 선보이며 도시를 빠져나왔다. 뿔나팔 소리가 씩씩하게 울려 퍼지자 그의 아름다운 말은 환한 거리로 성큼성큼 걸어 나가며 참을성 없이 힝힝거렸고 그의 갑옷은 태양 아래서 빛나며 쟁쟁거렸다. 그는 벌써부터 저 멀리 성가퀴에서 황홀히 일렁이는 황금 월계관을 생생하게 느낄 수 있었다.

여행 첫날에 젊은 프란치스코가 하느님의 목소리를 듣고 심장이 고동치며 욕망과 허영심에서 비롯한 달콤한 상상들이 녹아 없어지는 일이 일어났다. 그때에 그에게 무슨 일이 일어나고 어떤 목소리가 그 놀란 영혼을 무너뜨려 굴복시켰

느지 아무도 알지 못했다. 어느 한 사람의 고유한 운명이 결정되는 순간은 신성한 비밀처럼 영원히 어둠 속에 덮여 있다. 프란치스코는 자신의 생각이나 내면의 모습에 대해서 결코 한 번도 말을 꺼낸 적이 없다. 하지만 그의 눈앞에 갑자기 삶과 죽음의 수수께끼가 선명하게 드러나고, 어떤 성스러운 힘이 그를 자기 일생의 목표를 찾아 선택할 수밖에 없도록 한 것임에 틀림없다. 그러고 나서 스폴레토에서 그는 열병에 휩싸였다가 곧 혼자서 소리 없이 풀이 죽은 채로 아시시로 되돌아왔다. 그는 빛나는 무구를 어느 가난한 귀족에게 선사했다.

그의 부모와 아시시의 다른 사람들은 깜짝 놀라 화를 내고 비웃고 유명한 군주가 금의환향했다며 놀려댔다. 하지만 옛 친구들은 그가 다시금 호화로운 생활을 위해 거리낌 없이 써대리라 기대했다.

그러나 그는 곰곰 생각하며 거닐면서 마치 화살에라도 맞은 것처럼 마음 깊이 아파했다. 그의 영혼은 허무함과 죽음의 두려움으로 가득 찼고, 근심과 고통에 시달렸다. 자신의 꿈과 희망이 헛되다는 것을 인정했지만 아무도 그에게 구원의 길을 가르쳐주지 않았기 때문이다. 이때에 프란치스코는 내내 자신의 영혼 속에서 고난을 겪고 있었고, 우울과 죽음의 공포가 그를 삼켜버렸기에 상처 입은 마음으로 하늘을 향해 구원을 바라며 울부짖었다. 이렇게 분투하고 견뎌내고 자신의 삶에서 무상함을 느끼는 동안에도, 세상의 수많은 사람들이 같은 이유로 고통을 받고 있으며 마찬가지로 어두운 감옥에서 죄수들이 하늘을 향해 울부짖고 있다는 것을 그는 알지 못했다. 또한 그는, 지금 자신이 그 수많은 사람들을 위해 버텨내고 구원을 위해 싸우고 있다는 것을 알지도, 상상하지도 못했다.

함께 연회를 즐겼던 사람들과 옛 친구들은 그를 초대하여 이전처럼 다시금 상석에 앉고 연회의 왕이 되어 한턱내며 함께 즐겁게 지내야 한다고 주장했다. 어느 날 프란치스코는 그들의 소원을 들어주려 모두를 모이게 하고 풍성하고 비싼 음식을 차려줬다. 그들은 와서 그를 연회의 주인공이자 왕으로 선언하고는 당시의 우스꽝스러운 풍습에 따라 왕위의 상징으로 그의 손에 막대기를 쥐어주었다. 모두 흥겨워하고 왁자지껄한 가운데 잔뜩 먹어대고 마셔댔다. 밤늦도록 잔 부딪는 소리와 웃음소리가 끊이질 않았고, 나중엔 모두 만취하고 대담해져서 고요한 잠 속에 빠진 거리를 뛰어다니며 소리를 지르고 노래를 불러댔다. 조금 후에 그들은 프란치스코가 사라졌다는 걸 알아챘다. 그들은 어느 골목에 서서 침묵하며 사색하는 프란치스코를 찾아냈다.

그들은 프란치스코를 놀려대고 웃음거리로 삼았는데 그가 완전히 달라 보였기 때문이었다. 그도 그럴 것이, 그때에 프란치스코는 크게 깨달으며 그의 짓눌린 영혼이 저 멀리에 있는 구속과 억압의 탈출구를 알아차렸던 것이다. 그러는 사이에 술 취한 친구들이 시끄럽게 그를 끄집어내어 둘러쌌다. 그러곤 놀려대며 물었다. "무슨 꿈을 꾸고 있는 건가?" "무슨 수수께끼를 꾸미고 있는 거지, 프란츠?" 그러다 한 사람이 크게 웃으며 소리를 질렀다. "이봐, 친구들! 프란츠는 아내를 맞아들일 생각을 하는 것 같지 않은가?" 이 말을 들은 프란치스코는 사람들을 달래며 창백하지만 기쁨에 넘치는 얼굴을 똑바로 들고는 밝은 목소리로 말했다. "그렇다네. 맞는 말을 했어. 난 신부를 맞이할 생각이야. 하지만 그 여자는 그대들이 생각하고 상상할 수 있는 사람보다 훨씬 더 고귀하고 부유하고 아름답다네." 이 말을 하면서 프란치스코는 미소를 지었다.

친구들은 그를 가만히 놔두고 웃으며 달려 나갔다. 프란치스코는 그때까지 손에 쥐고 있던 우스꽝스러운 왕홀을 집어 던졌다. 그는 그 순간에 지금껏 살면서 허비한 청춘 시절과 작별한 것이었다. 그가 아름답고 고귀하다고 한 신부는 그가 이제부터 진심으로 동반자로 맞이하려는 가난이었다.

이 글을 읽는 누군가는 프란치스코의 친구들이 그랬던 것처럼 비웃거나 미치광이를 만났을 때처럼 고개를 흔드는지도 모른다. 그러나 그는 무엇을 목마르게 그리워하는지, 지혜도 교회도 쾌락도 풀어줄 수 없는 것이 무엇인지를 알아냈다. 이 세상에서 인류는 아무것도 가진 것 없이 삶과 죽음 사이에서 방황하는 순례자나 덧없는 손님에 지나지 않는다는 걸 고통스럽게 깨닫고 나서, 그는 새로워진 사랑의 열정으로 하느님의 품 안에 자신을 던지며 오로지 순박하고 빛나는 마음으로 진정한 삶에 이르는 길을 찾으려 노력했다. 돌아갈 고향을 찾는 그의 눈에 그리스도와 그의 첫 사도 베드로의 모습이 보였고, 이와 동시에 그는 모든 굴레에서 해방되어 법률이 아니라 오로지 사랑에 소속될 것과, 땅의 동물과 하늘의 새를 그들의 음식으로 주시는 하느님께 한 어린아이가 되어 자신을 맡길 것을 결심했다.

극심한 곤경에 빠졌을 때에 스스로 하느님 이외에 다른 어떤 인도자도 선택하지 않은 이 단단한 믿음으로 인하여 하느님이 신성해지고 셀 수 없이 많은 사람들의 위로자이자 구원자가 된 것이다. 이와 같은 순수한 사랑으로 영원히 묶일 때에, 그는 당시의 그 어떤 성직자나 학자도 발견하지 못한 하느님께 돌아가는 잃어버렸던 길을 찾았고, 덕분에 세상을 잃어버리지 않았으며, 더군다나 새로운 선물을 받았다. 그는 본능적인 시인의 감수성으로 잃어버렸던 완전한 세상을 황홀하게 되찾았던 것이다.

바로 그때부터 부유한 베르나르도네 씨의 아들은 사치와 향락에 물든 귀족 청년 사교계 대신에 언제나 혼자, 또는 가난하고 고통받는 사람들 사이에 있었다. 그는 모든 거지들

에게 아주 넉넉하게 베풀었을 뿐만 아니라 진정으로 위로
가 되는 말들을 주고받았다. 정말로 그의 겸손한 사랑의 힘
이 그를 비천하고 멸시받는 사람들에게로 이끈 것이다. 한
번은 말을 타고 길을 나섰다가 나병 환자[16]가 길에 누워 있
는 모습을 보고 처음에는 본능적으로 너무나 무서워 돌아서
고 말았다. 그러곤 바로 자신이 부끄러워져서 그 길로 다시
들어서서는 말에서 내려 그 환자에게 자신의 옷을 선사하고
말을 나누며 손을 잡았다. 그날부터 그는 이 세상에서 가장
가난한 사람들과의 특별한 사랑을 충실히 지켰으며, 관용과
친절을 잃지 않았고, 대가와 반응 없이도 머물렀다. 그의 친
구들과 더불어 아버지까지도 그를 미치광이로 비난하는 사
이에, 이 쫓겨난 사람들은 다정한 감사 인사로 그의 무너지
고 절망한 마음을 다독여주었다. 그 덕분에 그는 더욱 강해
지고 그들에게서 진정한 위로를 발견하게 됐다.

그러는 사이에 프란치스코는 여전히 가라앉지 않은 마음
으로 인해 로마로 순례를 떠났다. 그곳에서 그는 그가 지닌

---

16 나병은 한센병으로 불려야 함이 마땅하다. 이 책에 나오는 다른 신체적 장애나 약점
을 일컫는 말 또한 바꾸는 것이 마땅하다. 그러나 헤세가 이 책을 쓸 때만 하더라도
이에 대한 반성이 없었으므로 여기에서는 고치지 않고 그대로 번역한다.
   옛날 유럽에선 한센병 환자에게 머리를 짧게 깎고 챙이 넓은 회색 모자를 쓰고 회색
   망토와 통옷을 두르고 장갑을 낀 손으로 딱딱이를 쥐고 경고음을 내도록 해서 이른
   바 "정상적인" 사람이 쉽게 알아차려 피할 수 있도록 했다. 이들은 가족을 가질 수
   없고, 시장, 교회, 방앗간, 빵집, 우물 등 사람들이 많이 모이는 곳에 가는 것이 금지
   되었기 때문에 언제나 굶주림과 다른 질병에 시달려야 했고 전적으로 다른 누군가
   의 적선에 매달려 살아야 했다.

모든 것을 성 베드로 대성당[17]의 봉헌물로 바쳤다. 그는 자기 옷을 어느 거지와 바꿔 입고 같은 자리에 섰다. 그러고 나서 그는 금세 로마와 휘황찬란한 교황청에서 구원을 찾는다는 것은 소용없는 일이란 걸 깨달았다. 그 대신에 그는 그 거지의 옷에서 처음으로 진정한 가난을 맛보았고 앞으로는 그들에게 신의를 지킬 것을 다짐했다.

로마에서 돌아온 후 그는 계속해서 고독 속에 잠겨 있었고 주로 아시시 근처 언덕 위에 있는 성 다미아노 성당Chiesa di San Damiano에 머물렀다. 그곳에서 그는 온 힘을 다하는 기도 속에서 용기와 기쁨을 찾았고, 과거의 모든 것을 완전히 던져버리고 오로지 하느님만을 믿고 새로운 삶을 시작하기로 마음먹었다. 이때부터 그는 즐거운 기분에 넘쳐나서 용기를 잃지 않고 모든 굴욕과 고통을 참아냈다. 그러자 곧 끔찍한 고난의 시간이 닥쳐왔다.

그는 말과 더불어 아버지 소유의 옷감 뭉치들을 팔고 그 돈을 성 다미아노 성당 신부에게 맡겼다. 성당은 폐허가 되다시피 해서 무너지기 직전이었다. 그는 하느님을 향한 사랑을 밝히고 자신의 일생을 봉헌할 수 있는 다른 방법

---

17 베드로가 로마에서 순교하고 묻힌 자리에 세운 성당으로 전체 그리스도교 세계에서 규모가 가장 크고 권위가 가장 높다. 프란치스코 당시의 성 베드로 대성당은 4세기 초 콘스탄티누스 대제 때에 지어지고 이후에 개보수된 것으로, 16세기 초부터 새로 짓기 시작한 현재의 모습과는 많이 달랐다.

을 찾지 못했기에 신부와 함께 머물면서 자기 손으로 성당을 짓기 시작했다. 그러나 화가 잔뜩 나서 그를 강제로라도 집으로 끌고 오려는 아버지 앞에선 몸을 숨겼다. 그는 이를 부끄럽게 여기곤 솔직한 마음으로 아버지와 말을 나누기 위해 동굴에서 나와 아시시로 들어갔다. 거리거리마다 사람들이 프란치스코를 뒤따랐는데 그들은 그가 새사람이 되었다는 소식을 듣고도 고작 분별력을 잃어버린 것이라고 여겼을 뿐이었기에 그를 비웃었다.

프란치스코가 떠들썩하게 소리를 질러대는 사람들과 더불어 다가오자 화가 나 있던 그의 아버지 베르나르도네 씨는 그를 아프도록 잡고 때린 다음 집 안의 컴컴하고 구석진 방에 가둬버렸다. 얼마 후에 프란치스코는 어머니의 도움을 받아 달아났다. 이에 베르나르도네 씨가 프란치스코를 시 당국에 고발했더니, 시에선 다시금 교회 법정으로 가도록 명령했다. 그렇게 해서 프란치스코는 주교의 법정에 서게 되었다. 순순히 기꺼운 마음으로 갔더니 온 도시 사람들이 호기심과 조롱에 겨워 모여 있었다. 그의 아버지가 극심한 노여움에 휩싸여 자기 아들을 내쫓고 상속권을 박탈하자, 아들은 입고 있던 옷을 순순히 벗어서 소유권이 있는 베르나르도네 씨에게 넘겨주고는 벌거벗은 채로 서서, 자신은 앞으로 오로지 하늘에 계신 아버지의 것이라고 선언했다. 아무도 그를 조롱할 수가 없었으며 그의 용기와 믿음

에 놀란 주교는 자기의 망토로 벌거벗은 프란치스코를 감싸주었다.[18]

이것이 프란치스코가 거룩한 가난과 한 결혼이다. 그가 몇 년 동안 찾아 헤매다 이제야 찾은 보석은 자기 마음속에서 하느님과 세상이 일치를 이루는 것이었다. 그 이후로 그는 그 어떤 걱정도 하지 않게 되었다. 그는 아이처럼 하느님의 보호에 몸을 맡겼으며, 멀리 떨어져 있고 결코 보이지 않는 영(靈)으로서가 아니라 바로 지금 여기에서 친근하고 사랑하는 아버지가 된 하느님과 대화했다.

그리고 어렸을 때에 시인, 명상가, 트루바두르가 되기를 바랐던 것처럼, 이제 그의 해방된 영혼에서 기쁨으로 가득 찬 노래들이 넘쳐흐르는 새로운 샘이 솟아났다. 아무도 그 노래를 기록하지 않은 탓에 오직 한 편만이 지금 우리에게 전해지고 있다. 그러나 그 노래들은 멀리멀리 퍼져나가 수없이 많은 미어진 가슴속에서 위로와 용기를 노래했고, 지치고 절망한 사람들이 새로운 의욕을 갖게끔 감동시켰고, 귀 기울이는 사람들 속으로 깊이 파고들어 다른 시인들이 지피지 못했던 불씨를 지폈다.

---

18 귀도 2세는 1204년 아시시와 페루자의 전쟁 이후 귀도 1세의 뒤를 이어 1228년에 선종할 때까지 아시시의 주교 자리에 있었다. 1206년에 벌어졌던 이 재판 이후로 그는 프란치스코의 든든한 종교적 후원자이자 지지자가 되었다.

자유를 얻어 진정으로 기뻤던 프란치스코는 축복받고 구원받은 사람이 되어 계곡과 푸른 언덕을 돌아다녔다. 그 천진난만하고 정겨운 사랑에 아름다운 대지는 새로운 선물과 빛나는 세상이 되어 속마음을 털어놓았다. 피어나는 꽃과 여린 풀, 반짝이며 흐르는 시냇물, 파란 하늘과 흘러가는 구름, 저 멀리의 파란색과 들판의 푸른색과 새들의 발랄한 지저귐은 그의 사랑스러운 벗과 형제자매가 되었다. 눈과 귀에서 장막이 걷히자 그는 빛나는 에덴동산의 복된 첫날처럼 죄 없이 거룩한 세상을 바라보게 되었다.

이것은 결코 덧없는 도취나 황홀경이나 자기기만이 아니었다. 왜냐하면 프란치스코는 그날부터 복되고 선택받은 사람이 되어 죽는 날까지 그 고통스럽고 쓰라리고 힘든 시간 속에서 나무줄기 하나하나와 시냇물 하나하나에서 울리는 하느님의 목소리를 들었으며, 그 어떤 고통과 죄악도 그를 힘으로 누르지 못했기 때문이다. 그래서 몇 세기가 지나도록 셀 수도 없을 정도로 많은 사람들이 그를 사랑하고 존경했으며, 예술가, 시인, 현자 들이 수천 번도 더 그의 모습과 삶의 이야기를 표현하고, 쓰고, 노래하고, 그리고, 새겼는데, 다른 어떤 군주와 권력자의 모습과 행동도 그에 미치지 못했다. 그의 이름과 외침은 생명의 노래와 하느님의 위로가 되어 우리 시대까지 내려왔고, 그가 말하고 행했던 모든 것은 오늘날 7백 년 전 그가 살던 시대와 다름없이 새로이 힘차게 울린다. 영혼이 똑같이 순수하고 고귀했던 다른 성인들도 있었다. 그러나 그들은 남들보다 조금 더 기억될 뿐이다. 프란치스코는 천진난만한 시인, 사랑의 위대한 스승, 모든 피조물의 겸손한 친구이자 형제였다. 사람들이 그를 잊는다면 돌과 샘, 꽃과 새 들이 그에 대해 이야기를 할 것이다. 진실된 시인으로서 그가 이 모든 것에서 죄와 어리석음을 거두어줄 것이기 때문이며 우리 눈앞에 태초의 순수한 아름다움을 새로이 가져다줄 것이기 때문이다.

프란치스코는 이 무렵에 성 다미아노 성당의 보수를 마치려 부지런히 노력하고 있었다. 그는 거지가 되어 아시시로 가서 한 사람 한 사람에게 돈이나 증축에 쓸 벽돌을 구걸했다. 많은 사람들이 그를 헐뜯었지만 어떤 사람들은 그에게 적선했기 때문에 그는 자기 일을 마칠 수 있었다. 또 그가 제단 램프에 쓸 기름을 청하기 위해 밖으로 나왔을 때에 이런 일도 일어났다. 그가 거지 옷을 입고(주교의 정원지기가 불쌍히 여겨 선물한 것이었다) 어느 집에 들어섰을 때에 거기에선 마침 옛 친구들이 술자리를 즐기고 있었다. 그는 부끄러움에 놀라 돌아섰다가 곧바로 다시 들어가 옛 친구와 쾌활한 술고래 들에게 다정하고 아주 겸손한 자세로 교회를 위한 기부를 청하는 한편 자신의 옛 결함을 고백하고 회개했다. 정직하고 가슴에서 우러나오는 행위였기에 사람들은 그를 친절하게 맞이할 수밖에 없었다.

또한 아시시 사람들 사이에서도 몇몇에게는 그의 현재 모습이 더 이상 미치광이 짓이나 어리석은 짓으로 보이질 않고, 오히려 하느님의 인사와 복된 빛으로 다가섰다. 그래서 그들은 관대함과 경외심을 가지고 그를 맞이했다. 언젠가 신분 높은 신사와 기사일 때의 프란치스코가 많은 선물을 들고 찾아갔던 고통받는 나병 환자들은 가난한 형제가 되어 찾아온 그를 더할 나위 없이 사랑했다. 그러나 많은 주민들이 나팔을 불고 욕지거리를 하며 그를 멀리 내쫓았으며, 그의 아버지와 형제들 또한 멀리서 그를 멸시하고 비난하고 부끄러워했다.

성 다미아노 성당을 성공적으로 복구한 후에 그는 포르치운쿨라Portiuncula[19] 성당으로 갔다. 그 성당 또한 보수와 재건축이 필요했다. 어느 한 사람이 어떤 장소에 각별한 사랑을 느끼는 모습을 자주 볼 수 있듯이, 프란치스코는 이 포르치

---

19 라틴어로 "아주 적은 몫(의 땅)"이라는 뜻의 이 아주 작은 성당은 옛 아시시 시에서 약 3킬로미터 떨어진 곳에 있으며 리베리우스 교황(352~366년 재위) 때에 성모 마리아의 유물을 보관하기 위해 처음 세워졌다고 한다. 세월이 흘러 너도밤나무 숲에 둘러싸여 버려져 있는 상태로 있던 것을 프란치스코가 재건했다. 원래 이름은 "천사들의 성모 마리아"라는 뜻의 "산타마리아 델리안젤리Santa Maria degli Angeli"이다. 1569년 3월 25일에 교황 피우스 5세가 이 성당을 덮는 커다란 성당을 짓게 한 것이 1679년에야 완성되었고, 이로써 새 대성당이 포르치운쿨라의 원래 이름을 이어받았다.

운쿨라 성당을 일생토록 가장 사랑했고 끊임없이 들러 묵상하면서 위안과 새로운 꿈과 노래를 얻었다. 이 아담하고 소박한 성당을 공을 들여 복구해내자 그는 이 성전에서 하느님의 목소리를 더욱 또렷하게 듣고 삶의 목표를 깨달을 수 있었다. 말하자면 성당들을 복구하던 것과 같이 겉으로 드러나는 일들은 그의 가슴에서 우러나오는 커다란 열망을 결코 완전히 충족시킬 수 없다는 것을 절실히 깨닫게 된 것이다. 이에 그리스도의 목소리가 들렸다. "가서 '하늘 나라가 가까이 왔다.' 하고 선포하여라."[20] 이에 그의 가슴이 뛰었고 마음속에서 세상의 많은 민중들이 복음과 사랑이 널리 퍼지는 것에 굶주리고 목말라하고 하늘을 향해 팔을 뻗어 애달파하는 모습을 보았다.

그때부터 프란치스코는 설교를 하기 시작했다. 그때부터 그의 목소리는 부드럽고도 강하게 사랑을 부르고 너울거리는 노래가 되어 어둠 속에서 절망하는 수많은 영혼들을 사랑의 등불로 가득 채워주며 온 나라에 퍼져나갔다. 그는 설교할 때에 도취하지도 떠벌리지도 않았다. 그는 농부를 만

---

20 프란치스코가 1208년에 성 다미아노 성당의 어느 십자가로부터 들은 이 구절은 그리스도교의 신약성경인 마태오복음 10장 7절에 나오는 구절로, 예수가 열두 사도를 세상에 파견하며 한 말이다. 같은 복음 4장 17절에도 예수가 세상에 회개를 요구하며 같은 말을 한다. 한편 "하늘 나라가 가까이 왔다."는 구절은 같은 복음 3장 2절에도 나오는데, 세례자 요한이 세상에 등장하여 회개를 요구하며 한 첫 말이다. 여기에서 우리는 프란치스코의 세례명이 세례자 요한(요하네스)임을 주목할 필요가 있다.

나면 농부처럼, 도시 사람을 만나면 도시 사람처럼, 기사를 만나면 기사처럼 설교했고, 그 누구에게나 마음을 움직이는 것에 대해 설교했다. 그는 어디에서나 형제들에겐 형제가 되어, 고통받는 사람들에겐 같이 고통받는 사람이 되어, 아픈 사람들에겐 다 나은 사람이 되어 설교했다.

프란치스코가 처음 설교를 하기 시작한 곳은 아시시였다. 그는 사람들이 조금이라도 모여 있는 곳이라면 시장에서나 골목에서나 성문 앞에서나 담벼락에서나 어디에서든지 설교했다. 그의 말은 순박하고 사랑에 가득 차 있었다. 그는 아무에게도 자기 스스로 할 수 없었던 것을 강요하지 않았다. 그는 가슴속에 구세주의 그림을 품고 다니며 모두에게 보였다. 보시오, 이것이 겸손이오. 보시오, 이것이 인내요. 보시오, 이것이 사랑이오! 이에 사람들은 사무치는 마음으로 반성하고 묵상할 수밖에 없었다. 어느덧 사람들은 이 설교자를 조용히 존경하기 시작했다. 그의 인품과 설교에선 경건히 빛나는 별에서처럼 굳센 힘과 따사로움이 흘러나왔다. 그의 설교는 보통 성직자가 하는 설교와 달랐다. 왜냐하면 그는 스승과 모범을 책이나 교부, 철학자, 수사학자 들에서 찾지 않고 오로지 자신의 타오르는 가슴과 하늘의 새들과 여러 방랑 시인들의 노래에서 찾았기 때문이다. 또한 그는 자신에 대해 어떠한 외경심도 바라지 않았다. 오히려 그는 자발적으로 모든 사람들에게 복종하고 봉사했다. 그의 얼굴은 은총으로 기쁨에 넘쳤고 그의 눈은 영원히 순수한 불길로 반짝였다. 마치 사랑하는 사람이 자기 연인을 부르거나 엄마가 자기 아이들을 쉬지 않고 걱정하고 돌보는 것처럼, 그는 진지함과 사랑스러운 매력과 우화와 노래로 한 사람 한 사람의 영혼을 얻으려 애썼다. 그리고 그는 설교하고 나서 의기소침하게 사라지거나 빈둥거리지 않았다. 오히려 그는 모든 사람이 알듯이 엄격한 삶을 살았는데, 열심히 일하고 생필품을 얻기 위해 노력하고 두려움 없이 가난한 나병 환자 마을을 드나들었던 것이다.

얼마 후에 그와 뜻을 같이하는 형제가 그를 찾아왔다. 그 형제에 대해선 더 이상 알려진 바가 없다. 그리고 난 어느 날에 베르나르도 디퀸타발레Bernardo di Quintavalle 씨[21]가 찾아와서 하룻밤 이야기를 나누기를 청했다. 이 베르나르도 씨는 품위 있고 대단히 존경받는 부유한 아시시 시민이었다. 프란치스코는 그와 다정하고 진심 어린 말들을 나눴다. 그리고 나서 베르나르도 씨는 가서 자신의 전 재산을 팔고는 그 모든 것을 가난한 사람들에게 나눠 주었다. 이렇게 그가 프란치스코를 따르자 프란치스코는 자신과 두 제자를 위해 포르치운쿨라 옆에 소박한 오두막을 지었다. 곧이어 에

---

21 1175년 무렵에 태어나 1242년 또는 1245년에 죽은 그는 아시시 시의 법률가로 프란치스코의 첫 제자로 알려져 있다. 퀸타발레는 그가 자란 장원의 이름으로 추측된다. 그는 여러 문헌에서 소박하고 수줍어하고 똑똑한 사람으로 그려진다.

기디우스Egidius[22]라고 불리는 한 청년이 찾아와 함께 살게 되었다. 그들은 함께 또는 혼자 움브리아 땅 이곳저곳을 다녔다. 그들은 들판 곳곳에서 농부들과 함께 일했으며 대가로 돈 대신에 먹을거리를 조금 얻고 마는 데에 그쳤다. 그리고 일하고 나선 농부들과 이야기를 나누고 설교하고 노래를 불러주었다.

그래서 프란치스코는 자기와 그의 형제들을 곧잘 요쿨라토레스 도미니joculatores domini라 불렀는데, 이는 "신의 어릿광대들"이란 말로 그 스스로가 트루바두르와 노래하는 순례자가 되어 하느님을 찬미하는 노래를 널리 알렸기 때문이었다. 확실히 이때가 그의 생애에서 가장 행복한 때였다. 그는 방문자와 방랑자가 되어 순례했고, 복된 마음의 어릿광대와 노래하는 새가 되어 누구에게든지 도움이 되려 했다. 그리고 함께 일하는 일꾼들에겐 일을 거들고 따뜻한 말을 건네면서 관용과 위로를 선사하고 트루바두르들에겐 우아한 말과 즐겁고 쾌활한 노래를 들려줬다. 사람들 사이에서 곧 그는, 지금도 그렇지만, 쾌활하고도 깊은 애정이 깃든 자발적인 가난으로 인해 "일 포베렐로il Poverello"[23]라 불렸다.

---

22 1190년에 태어나 1262년에 죽은 그는 베르나르도와 함께 프란치스코의 첫 제자였다. 농부였다는 것 이외에는 알려진 바가 거의 없다. 프란치스코는 그를 "원탁의 기사"라 불렀으며, 교황 피우스 6세가 1777년에 그를 시복했다.

23 이탈리아 말로 "가난한 사람"이란 뜻이다.

험난한 시간과 시련이 없을 리 없었다. 프란치스코를 따르는 아들을 둔 가족들은 프란치스코에게 젊은이들을 꾀어내고 효도를 업신여긴다는 딱지를 붙였고, 다른 사람들은 자기 아이들을 그에게 빼앗길까 겁을 냈다. 그러나 형제들은 적대감과 멸시를 침묵과 겸손으로 대했고, 온 움브리아 땅에서 사람들은 이 형제들을 보고 크게 놀라고 감동했다. 형제들은 많은 사람들이 자신들을 받아들여 친절하게 잠자리를 마련해주는 것은 진심으로 고마워하며 받아들였지만, 돈이나 다른 재물은 전혀 받지 않고 하느님께서 매일같이 보살펴주신다는 것을 굳게 믿으며 그리스도 안에서 정직하게 가난함을 지켰다.

형제들은 방랑을 마치면 늘 아시시의 포르치운쿨라로 돌아와 서로를 위로하고 서로의 사랑와 우애에 진정으로 행복해했다. 그 숫자는 어느덧 열둘이 되었다.

그때까지 프란치스코는 자기 영혼의 열망을 가득 채우고 하느님의 무한한 포용 안에서 기뻐하고 사람들에게 좋은 일을 하고 사랑의 말씀을 전하는 것 이외에는 다른 목적을 위해 노력하지 않았다. 그러나 이젠 그와 마찬가지로 집과 가진 것을 자발적으로 포기하고 가르침과 설교에 끌려 모여든 제자와 친구 열한 명이 생긴 것이었다. 교회에서 임명된 신부들이 이들을 시기하며 지켜보다 마침내 설교를 금지하는 일이 여기저기에서 일어났다. 그리고 실제로 형제들의 활동과 가르침 방식은 마치 북쪽 지방의 발도 파Waldenser[24]의 지향과 활동처럼 똑같이 이단으로 여겨질 수 있었다.

이 점은 프란치스코에게 영혼을 짓누르는 근심이 되기 시작했다. 소박한 믿음 속에서 따르던 그의 어린아이와 같은 마음은 이제 많은 제자들에게 길잡이가 되어야 했고, 그의 사랑으로 타오르는 영혼은 이에 마음이 끌린 모든 형제들을 위해 의무를 감당해야 했다. 그는 이교도나 예언자나 개혁가가 되려고 생각한 적이 한 번도 없었다. 그의 아이와 같은 솔직한 마음가짐은 두터운 신앙심으로 교회 질서에 의지했기 때문에 가능했던 것이다. 그러나 이젠 성직자의 권력보다 강한 권력이 그에게서 나오고 있었으며, 그는 교회로부터 사람들이 빠져나와 자신을 둘러싼 공동체로 모여드는 모습을 보게 되었다. 그러나 그는 교회를 어머니로 공경하고 있었다. 그가 이 사실을 깨닫자 어두운 근심이 그를 덮치고는 곁을 떠나지 않았다. 바로 그때부터 그가 지닌 커다란

---

24 12세기 말 무렵에 남프랑스 리용의 부유한 상인이었던 페트루스 발데스Petrus Valdes에 의해 시작된 중세 그리스도교 개혁 운동. 자발적 가난, 공동체 소유를 통한 무소유, 그리스도교 성경 번역 등을 실천하는 한편 교황 권력을 비판하고 성인 공경을 거부하고 연옥을 부정했다. 발데스는 어느 트루바두르의 노래를 듣고 가난한 사람들과 억압받는 사람들을 위해 살 것을 결심했다 한다. 발도 파는 13세기 초반에 이미 남프랑스를 비롯해 스페인에서 북부 이탈리아와 독일에 이르기까지의 넓은 지역에서 다양한 계층의 폭넓은 지지를 받았다. 1184년 베로나 공의회에서 파문을 당한 후 여러 종교 재판을 통해 이단으로 규정되어 극심한 박해를 받았다.

권력이 그 자신을 짓누르기 시작했다. 그는 모든 인류를 사랑하고 자신의 충만함을 나누려고 한 것이지 통치하려고 한 것이 아니었기 때문이다. 어떻게 세상에서 가장 겸손한 사람이 우두머리가 되고 한 공동체의 지배자가 될 수 있단 말인가!

이런 근심 속에서 프란치스코는 로마로 가서 자신과 형제들을 위해 가장 지체 높은 목자인 교황의 허락과 동의를 청하는 것 이외에는 달리 위안이 될 만한 것을 찾지 못했다. 그는 곧바로 벗들과 함께 길을 떠났다. 그는 이 여행의 책임자로 베르나르도 디퀸타발레 형제를 뽑았다. 이렇게 해서 그들은 로마로 향했다.

구세주의 해 1210년에 일어난 일로, 당시엔 교황 이노첸츠 3세가 로마를 다스리고 있었다. 교황은 거의 모든 면에서 프란치스코와 반대였다. 덧붙이자면 나쁜 뜻은 아니다. 그는 단지 사랑스럽고 온화한 마음씨가 부족했는데, 부드러운 목자가 아니라 오히려 막강한 싸움꾼에 명령권자였다. 그는 여러 방면에서 위협받는 로마 교회를 다스려 명예를 새롭게 하고 전 세계를 주무르는 강호로 끌어올렸다. 투쟁적인 교황이 세계적인 혼란으로부터 교회를 구해내고 영광을 드높이는 것과 동시에 교회에 다시금 새로운 사랑의 정신을 가득 붓는 어느 선량하고 겸손한 움브리아 청년이 나온 것은 하느님의 기적으로 일어난 것이다.

로마에선, 가난과 금욕으로 삶을 이끌면서 보수 없이 그리스도의 가르침을 선포하는 것 이외에는 다른 어떤 허락과 은총을 바라지 않은 아시시의 열두 남자에 대해 아무런 관심도 갖지 않았다. 그러나 교황과 조바니 디산파올로 Giovanni di San Paolo 추기경[25]은 이 가난하고 못 배운 사람들 안에 강력한 힘이 깃들어 있다는 사실을 알아차렸다. 그리고 교황은 이 일에 대해 진지하게 생각하기 시작했다. 프란치스코는 형제들을 위해 짧고 간단한 규칙을 적어두었는데 거의 복음 구절들에서 따온 것이었다. 그는 교황에게 이 규칙을 승인해줄 것을 간청하고 그 앞에서 대담한 용기와 커다란 온정으로 설파했다. 그러나 교황은 선뜻 결정을 내리려 하지 않았다. 형제들은 오래도록 기다려야 했고 너무나 많이 신문과 경고를 받았으며 마침내는 거의 용기를 잃을 지경이 되었다. 마침내 조바니 추기경이 교황에게, 거룩한 교회가 복음 말씀에서 나온 순수하고 사심 없는 규칙 하나를 승인하지 못한다는 것은 있을 수 없다는 의견을 개진했다. 그리하여 교황 이노첸츠는 더 이상 반대하지 않고 프란

---

25 조바니 추기경의 생애에 대해선 알려진 바가 많지 않으나 보보네Bobone 가문의 일원이며 교황 쾰레스틴 3세(1106~1198)의 조카로 추정되고 있다. 쾰레스틴 3세 사후 교황 선거에 나섰으나 이노첸츠 3세에게 졌다. 그 후 이노첸츠 3세의 고해 신부로 있으며 남프랑스에서의 여러 분쟁들과 프랑스 왕 필리프 2세의 이혼 문제에 개입하여 교황권을 강화했다. 프란치스코와 만난 이후 그의 친구이자 강력한 지지자가 되었다.

치스코를 축복하고는 한편으로 칭찬하고 한편으로는 타이르며 지금까지 했던 활동과 설교를 계속할 수 있다고 인가해주었다.

웅장한 로마 시와 교황청을 기쁜 마음으로 빠져나온 벗들은 고향으로 길을 떠났다. 비록 더운 캄파냐Campagna[26] 땅에선 마실 것과 먹을 것이 부족한 탓에 거의 죽을 지경이 되었지만, 즐거운 마음으로 자유와 깊은 형제애를 누릴 수 있었다. 늘 하던 대로 그들은 도시와 마을 이곳저곳을 다니면서 일하고 노래하고 설교했다. 봄부터 5월 초까지, 기쁨에 넘치는 이 순례자들의 공동체는 곳곳에서 위로와 활력을 베풀어주고 수많은 사람들에게 하느님을 알게 하고 영혼을 다시 싱싱하게 일깨워주었다.

다시 아시시 근처에 왔을 때에 프란치스코와 형제들은 리보토르토Rivo Torto[27]라 불리는 어느 빈 헛간에 살 곳을 마련했다. 산어귀의 그곳은 농사짓지 않는 고적한 땅으로 프란치스코가 자주 며칠씩 머물며 기도와 모임을 가지던 곳이었다. 프란치스코는 게으름을 몹시 싫어했고 이웃에 봉사하

---

26 캄파냐 로마나Campagna Romana를 줄인 말로 로마를 둘러싸고 있는 라치오 주 일대의 구릉 지역을 말한다.

27 "구불구불 흐르는 냇물"이란 뜻으로 수바시오 산에서 흘러 내려오는 냇물에서 그 이름을 따왔다고 한다. 프란치스코와 초기 형제들이 살던 곳으로, 리보토르토 외에도 "양 우리", "거처", "집" 등으로 불렸다고 한다.

는 데에 온 힘을 다하였지만, 감수성이 아주 예민하고 섬세했던 탓에 나날이 사람들의 불행을 지켜보며 깊이 괴로워했다. 이렇게 상처를 입은 그는 자주 고독 속으로 들어가 지친 마음을 생명의 원천에서 쉬게 하고 새롭게 했던 것이다.

자연 속의 삶에서 나날이 새로워지며 땅의 기운을 자기 안으로 빨아들이는 이 놀랍고도 빼어난 기술은 오로지 시인과 참된 복자 들만이 가지고 있는데, 그는 누구와도 비교할 수 없을 정도로 대가가 되어 이 기술을 늘 써왔던 것이다. 그는 어린아이와 현자처럼 꽃과 풀과 바람과 모든 동물과 말을 나누고 찬미가를 불러주고 사랑하고 위로하고 그것들의 죄 없는 삶에 동참했다. 하지만 오로지 하느님께서 사랑하시는 사람들만이 감수성과 사랑이 시들지 않고 평생 싱싱하고 고마워하는 어린아이들로 머무를 수 있는 것이다. 진실되고 잡티 없는 선량한 마음이란 불가사의한 솔로몬의 비밀과 같은 것으로, 프란치스코는 이를 통해 동물의 언어와 풀과 나무와 돌과 산의 내면의 모습을 이해할 수 있었고, 마침내는 그의 눈앞에 다양한 피조물이 완벽하게 조화로운 모습으로 놓였고, 그 안에는 어떠한 적대적인 불화나 어둠의 영역도 감춰져 있지 않았다. 프란치스코는 하느님께서 사랑하시는 사람이 되어 다른 어떤 시인도 좀처럼 이해하지 못하는 아름다운 세상을 이해했다. 그는 모든 크고 작은 피조물을 사랑했고 그들 또한 그를 사랑하고 그에게 응답했다.

프란치스코는 사람들과 이야기하느라 지칠 때면 풀밭으로 숲으로 계곡으로 갔고, 샘과 바람과 새들의 노랫소리 속에서 달콤하고 위대한 천국의 언어를 들었다. 그는 이 세상에 영혼이 없는 것은 없다는 것을 깨달았고 형제자매에게 느끼는 외경과 사랑의 감정으로 풀과 돌까지 포함해서 모든 영혼과 만났다.

또한 다른 면에서도 프란치스코는 결코 우울한 빛을 띠며 참회하거나 세상을 부정하지 않았다. 오히려 그는 웃음 가득한 말과 기분을 북돋우는 유쾌한 말을 즐겼고, 아무리 고단하고 힘겨운 날이 닥쳐도 그 누구에게도 우울한 표정을 짓지 않았다.

프란치스코가 교황의 설교 허가를 받았다는 소식이 아시시에 퍼지자 사람들 사이에서 그의 말을 듣고자 하는 엄청난 열망이 치솟았다. 그는 (다른 성당은 너무 작았기 때문에) 대성당에서 강론해야 했다. 그의 압도적인 열정이 폭풍처럼 몰아쳐 구름같이 몰려온 청중의 마음을 사로잡았다. 그즈음에 또다시 가난한 사람들과 고상한 귀족들과 아시시의 지배자들 사이에서 심각한 불화가 일어나고 있었다. 프란치스코의 설교와 본보기는 엄청난 영향을 끼쳐서 이미 많은 사람들이 진실로 그가 각 파벌의 다툼을 중재해주길 바라는 쪽으로 마음이 기울었다. 온 도시가 그의 온화한 판결에 순종했다. 그는 적들은 서로 화해하고 가난한 사람들은 이익을 가져가게 했고, 귀족과 평민 사이의 계약서와 동맹 서약을 기초하고 성실히 지키게끔 했다. 파괴된 것들이 다시 제자리로 돌아오자 도시에 감사와 기쁨이 넘쳐흘렀다. 갈수록 더 많은 사람들이 프란치스코의 동반자가 되려고 몰려들었다. 그러나 그는 그의 형제회를 두고 "하찮은 이들의 수도회Orden der Minoriten"[28]라고 불렀다. 모든 사람들이 점점 더 그를 사랑하고 존경했으며 당시에 이미 성인으로 부르기까지 한 사람들이 생겼다.

형제들은 그 숫자가 점점 늘어나자 프란치스코를 포르치운쿨라에 남겨두고 그 옆에다 작은 오두막들을 짓고 살기 시작했다. 그들은 프란치스코를 스승님이나 아버지로 여기며 존경했지만, 프란치스코는 지배하거나 명령하지 않고 각자 자기 나름대로 살아가게끔 노력했다. 손재주가 있는 이는 물건을 만들고, 달변의 능력이 있는 이는 강론을 하고, 하느님 안에서 평온을 찾는 이는 고독 속에 홀로 있었다. 포르치운쿨라 옆에는 숲이 있었는데, 이 숲에서 형제들은 프란치스코와, 그리고 서로서로 대화를 나누었다. 이따금씩

---

28 프란치스코가 세운 이 공동체는 꼰벤뚜알 프란치스코 수도회Ordo Fratrum Minorum Conventualium, 작은형제회Ordo Fratrum Minorum, 카푸친 작은형제회Ordo Fratrum Minorum Capuccinorum의 1회와 글라라 수녀회Ordo Sanctae Clarae 의 2회와 재속프란치스코회Ordo Franciscanus Saecularis, 율수3회Tertius Ordo Regularis, 수도3회의 3회와 성공회의 성 프란시스 수도회 등의 모든 프란치스코 수도회의 모태가 된다. 프란치스코회 수사를 가리키는 독일어 미노리트Minorit는 중세라틴어 미노리타스minoritas에서 유래한 것으로 "모자람(가난, 결핍)"을 뜻한다.

손님이 찾아와서 프란치스코에게 인사하고 대화를 나누곤 형제가 되기를 바란다고 청했다. 이에는 다른 시험은 필요 없었는데, 자기 재산을 가난한 사람들에게 나눠 주며 자기 자신을 위해선 남기지 않고 가난을 지키겠다는 서원을 하면 되었다. 농부와 도시민, 평민이 된 옛 성직자, 배운 사람과 무지한 사람, 예민한 사람과 우락부락한 사람, 이 모두가 서로에게 형제가 되어주며 서로 사랑했고, 서로가 서로를 돌보며 살았다.

주님의 해 1212년에 프란치스코가 아시시 대성당에서 사람들에게 강론[29]했는데 청중 중에 시피Sciffi 귀족 가문의 클라라Clara라는 젊은 여자가 있었다. 그녀는 프란치스코의 강론에 너무나 감동해서 간절한 마음으로 그와 이야기를 나누고 싶어 했다. 그리하여 그녀는 자기가 지닌 모든 것을 버리고 그의 수도회에 동참하여 헌신하기로 했다. 프란치스코는 다른 마땅한 숙소를 알지 못했기에 베네딕트 수도회의 한 수도원으로 그녀를 데려갔다. 곧 다른 여자들도 같은 바람을 가지고 찾아왔고, 성 다미아노 성당에 근거를 두고 무엇보다도 아픈 사람들을 돌보는 데에 전념하는 수녀회가 태어났다. 공동체는 빠른 속도로 커나가 곧 형제와 자매가 수백 명에 이르게 되었다.

---

29 1212년 3월 18일 "주님 수난 성지 주일" 때였다.

수도회가 커나가고 그들을 통솔해야 하는 바로 그때부터 프란치스코는 빠르게 기력을 잃어갔다. 그래서 그의 활동에 대해선 거의 전해지는 것이 없다. 하지만 우리는 그의 동료들이 기록해놓은 자잘한 이야기와 성인담(聖人談)[30] 들을 통해 아주 많은 것을 전해 받았다. 성인의 몇 이야기들은 다음 장에서 읽어볼 수 있다. 프란치스코 수도회의 다른 이야기들은 여기에 해당하지 않기에 교회사에서 찾아보길 바란다.

프란치스코가 모든 동물을, 특히 새를 얼마나 사랑했는지는 많은 이야기와 성인담 들이 전해주고 있다. 그는 한번은 시에나Siena[31]에서 멧비둘기들을 데려와서 직접 둥지를 만들어주곤 모든 형제들과 함께 기뻐했다. 또 언젠가는 어느 어부가 예쁜 물고기 한 마리를 잡아 선사했는데 프란치스코는 물고기를 받으며 감사 인사를 하고는 곧바로 물속으로 다시 놓아주었다. 리에티Rieti[32]의 수도원에는 새들이 수없이

---

30 성인담은 독일어 "레겐데Legende"를 번역한 말로 본래 "읽을거리"를 뜻하는 라틴어 "레겐다Legenda"에서 온 말이다. 특히 그리스도교에 헌신한 이들, 특히 "성인"으로 추앙받는 이들의 이야기를 전하는 전기Hagiographie, 순교록Martyrerakten이나 여러 일화 들의 고전, 중세 문학 전통을 일컫는다. 단순히 "전설"로 번역하기엔 무리가 있으며, 흔히 "성담(聖談)"으로 번역되기도 하나 모호함과 오해를 피하기 위하여 여기에서는 성인담으로 번역한다.

31 이탈리아 토스카나 주에 있는 중세 도시. 아시시 서북쪽에 있으며 피렌체가 인근에 있다.

많았는데 수도회 형제들은 이 새들과 아름다운 우정을 나누었다.

프란치스코는 이제 수천 명의 아버지가 되었는데, 그로 인해 심각한 근심거리가 그의 앞에 수도 없이 놓여 있었기 때문에 그는 종종 몹시 지쳐버렸다. 그는 사랑과 겸손된 자세로 행하는 모든 도움을 결코 줄이지 않았지만, 들볶이는 마음에서 벗어나 더 자주 침묵과 고독 속으로 빠져들었다.

1224년 여름에 그는 달갑지 않은 걱정에 가득 차고 아마도 자신의 죽음을 예감해서인지 그가 사랑했던 알베르나 Alverna 산[33]으로 올라갔다. 그는 너무나 지쳐 있었기 때문에 늘 하던 대로와는 달리 노새를 타야만 했다. 큰 숲이 있는 산에 다다랐을 때에 수도 없이 많은 새들이 인사를 하고 그의 어깨와 손에 앉자, 그는 그 새들을 축복하고 놓아주었다. 이런 생명들도 그의 사랑을 느끼곤 전혀 무서워하지 않았던 것이다.

그는 함께 온 형제 셋을 남겨두고 혼자서 숲으로 들어가

---

32 이탈리아 라치오 주에 있는 작은 도시로, 프란치스코는 이 도시와 주변의 숲과 계곡을 매우 사랑해서 고향처럼 여기며 오래 머물렀다. 이곳에서 그가 수많은 종교적 기적을 일으켰다고 알려져 있다. 또한 이곳은 프란치스코의 발자취를 따라 걷는 "프란치스코 순례길Cammino di Francesco"에서 빠질 수 없는 곳이다.

33 토스카나 지방의 키우시 델라베르나Chiusi della Verna 시 인근 페나 산Monte Penna 남서쪽 경사면에 있는 라베르나La Verna 산을 말하며, 1213년에 프란치스코의 설교에 크게 감동한 오를란도 카타니 백작이 이 산을 프란치스코와 수도회에 헌사하자 프란치스코는 기도와 묵상에 적합하다 여겨 은둔 수도원을 세웠다.

서 작은 움막을 짓고 거룩한 묵상에 잠겨 오랫동안 머물렀다. 성인담에서는 십자가에 못 박힌 그리스도의 형상이 나타나서 그의 몸에 거룩한 성흔을 남겼다고 한다.[34] 이로부터 얼마 후에 그는 더욱 약해졌고 고통스러운 눈병까지 나서 성 다미아노 성당에서 오래 누워 지냈다. 이 모든 고통 속에서도 그는 늘 웃고 기도하고 하느님을 찬미했고, 혼자 눈먼 채로 오두막에 누워 있을 때엔 활기찬 노래를 불렀다. 그때에 「태양의 노래」[35]를 지었다.

그러고 나선 폰테 콜롬보Fonte Colombo[36]와 리에티로 거처를 옮겼다. 그의 고통은 갈수록 참을 수 없을 지경이 되었지만 의사들은 그의 머리를 달군 쇳조각으로 지지는 일밖에는 다른 조치를 해줄 수가 없었다. 그들이 그 끔찍한 조각을 들고 침대로 다가오자, 중병을 앓던 프란치스코는 불빛에 인사를 하고는 "오, 불이여, 넌 모든 피조물 가운데에서 가장 아름답구나. 난 널 언제나 사랑했지. 그러니 이제 날 가엾게 여겨다오." 하고 외쳤다. 그다음에 프란치스코는 한 형제에게 음악을 연주해달라고 청했다. 그러나 그 형제는 너무 부

---

34 1224년 9월 14일 성 십자가 현양 축일 새벽(또는 사흘 후)에 십자가에 매달린 여섯 날개를 가진 천사 세라핌이 프란치스코에게 예수의 다섯 상처와 같은 두 손, 두 발, 옆구리에 상처를 새긴 사건으로 가톨릭교회에서 처음으로 공식 확인한 성흔이라고 한다.

35 본문 62~64쪽에 소개되어 있다.

36 원문의 Monte Colombo는 폰테 콜롬보의 오기이며, "비둘기의 샘"이란 뜻으로 리에티 근처의 계곡에 있다. 이곳에서 프란치스코가 수도회의 회칙을 마련했다고 한다.

끄러워하며 하지 않으려 했다. 이에 프란치스코는 밤중에 하느님의 천사가 말할 수 없이 달콤하고 고귀한 방식으로 천국을 노래하는 것을 들었다.

겨울이 되고 병중의 프란치스코가 추위에 시달리자 한 형제가 여우 가죽을 가져와서 그의 수도복 안쪽에 꿰매려 했다. 하지만 프란치스코는 모두가 밖에서 볼 수 있게끔 꿰매라고 했다. 위선자로 오해받기 싫었던 것이다.

프란치스코는 이제 죽을 때가 다가온 것을 알고는 엄청난 고통에 시달리면서도 고향 아시시로 자신을 옮기게 했다. 죽음을 앞두고 그는 끓어넘치는 가슴으로 온 인류의 영혼을 생각하며 무릎을 꿇고 간청하는 편지 한 통을 받아 적게 했다. "그대들의 보잘것없는 종인 나, 프란치스코 형제는 이제 그대들의 발에 입을 맞추며 청하려 합니다. 사랑은 하느님 그 자체입니다. 이 말을 받아들이길 애원합니다!"

그가 의사에게 자신이 얼마나 더 살 수 있는지 묻자 의사는 아주 조금밖에 안 남았다고 대답했다. 그는 두 팔을 펴고 말했다. "나는 이제 그대 형제를 환영합니다, 죽음이여." 그러고 나서 그가 노래를 부르기 시작하자 옆에 있던 벗들도 따라 불렀다.

죽기 며칠 전에 그는 그가 진정으로 고향으로 여기고 사랑했던 포르치운쿨라로 옮겨졌다. 죽음을 기다리면서도 그는 미소를 지었고 자비로움이 가득했다. 그는 여전히 벗들에게 위로의 몇 마디를 건넸다. 그들은 프란치스코에게 생명의 노래를 다시 한 번 들려줬다. 프란치스코가 그들과 멀리 떨어져 있는 형제자매들과 그리고 온 인류를 축복하자 죽음을 맞이하는 자리에서 다시금 사랑이 퍼져나갔다. 프란치스코는 1226년 10월 3일 저녁 무렵에 죽었다. 그가 죽자 오두막 지붕 위에 종달새 무리가 내려와 큰 소리로 노래를 부르는 모습이 보였다.

성인담

성 프란치스코가 레오 형제에게 완전한 기쁨에 대해 설명하다

언젠가 겨울에 성 프란치스코가 레오Leo[37] 형제와 함께 페루자에서 산타마리아 델리안젤리 성당을 향해 가고 있었는데 어찌나 추웠는지 위험이 이만저만한 정도가 아니었다. 프란치스코는 앞서 걷고 있던 레오 형제를 불러 말을 건넸다. "레오 형제, 곳곳에 있는 우리 형제들이 거룩함과 신앙심의 훌륭한 모범이 되고 있긴 하지만, 그래도 거기에서 완전한 기쁨을 찾을 수 없다는 것을 적어두고 마음속에 잘 간직하도록 하오." 조금 더 길을 걷다가 그가 다시 불렀다.

---

37 레오는 프란치스코가 특별히 사랑한 형제로 순수하고 소박한 모습 그 자체였다고 전해진다. 그는 프란치스코가 성흔을 받는 모습을 목격한 유일한 사람이며 그의 고해 신부라고 알려져 있다. 이 성인담 이외에도 둘 사이에는 더 많은 이야기들이 전해지고 있다.

"오, 레오 형제, 우리 형제들이 장님과 불구 들을 고치고 악마를 몰아내고 귀머거리가 듣고 앉은뱅이가 걷고 벙어리가 말을 하게끔 해도, 게다가 죽은 이를 나흘 만에 다시 일으켜 세우기까지 해도, 잘 적어두오, 이 또한 완전한 기쁨이 아니라오." 조금 이따가 그가 다시 큰 소리로 레오 형제를 불렀다. "오, 레오 형제, 우리 수도사들이 모든 언어와 학문을 다 알아서 앞날도 예언하고, 그뿐만이 아니라 사랑과 양심의 신비까지 밝힐 수 있다 하더라도 잘 적어두오, 이 또한 완전한 기쁨이 아니라는 걸." 그리고 좀 더 걷다가 성 프란치스코가 또 레오를 불렀다. "오, 레오 형제, 그대 하느님의 어린 양이여, 우리 형제들이 천사의 말을 하고 별들의 활동과 식물의 효력을 잘 알고 세상의 모든 보물을 찾아내고, 게다가 새와 물고기, 온갖 동물과 사람, 나무와 바위, 뿌리와 강물의 힘을 다 안다고 해도, 잘 적어두오, 이 또한 완전한 기쁨이 아니라는 걸."

이런 이야기를 하면서 족히 5리는 더 걸어갔는데, 이에 레오 형제는 매우 놀라면서 프란치스코에게 말했다. "사부님, 그럼 제발 완전한 기쁨이 무엇인지 말씀해주세요." 프란치스코가 대답했다. "우린 비에 홀딱 젖고 추위에 뻣뻣해지고 진흙을 잔뜩 묻히고 잔뜩 굶주린 채로 산타마리아 성당에 도착할 걸세. 우리가 문을 두드리면 문지기가 화가 나서 묻겠지. '누구요?' 그럼 우리가 '그대의 두 형제요.' 하고 대답하면, 그 사람은 이렇게 답할 걸세. '거짓말 마시오. 당신들은 그저 떠돌이일 뿐인걸. 떠돌아다니면서 사람들이나 속이고 구호품을 빼앗으려 가난한 사람들을 죽이잖소. 어서 여기서 썩 떠나란 말이오!' 그러곤 그는 더 이상 문을 열어주지 않고, 우린 눈비가 내리는 한가운데서 한밤중까지 밖에서 추위와 굶주림에 떨면서 있게 되지. 그러고 나서 우리가 이 부당하고 가혹한 대접에도 화내지 않고 잘 참아내고 게다가 우린 자격이 없다고 한 문지기 말이 옳고 그 또한 하느님의 말씀이라고 생각한다면, 오, 레오 형제여, 이것이야 말로 완전한 기쁨이라오. 들어보오, 레오 형제! 그리스도께서 사도들에게 주신 성령의 은사와 축복보다도 더 높은 것은 바로, 극기하면서 그리스도의 사랑을 통해 기꺼이 형벌과 모욕과 고통을 참아내는 것이라오."

성 프란치스코가 마세오 형제의 질문에 답하다

언젠가 성 프란치스코는 포르치운쿨라 수도원에서 특별히 사랑했던 마리냐노의 마세오 형제와 머무르고 있었다. 어느 날 프란치스코가 그가 기도했던 숲에서 돌아와 숲 어귀에 서 있는데 마세오 형제가 그의 겸손됨을 시험해보려

했다. 그러니까 그는 프란치스코의 앞에 서서 나무라는 듯이 소리쳤다. "어째서죠? 어째서죠? 어째서죠?" 프란치스코가 되물었다. "그대의 말은 무슨 말인가요?" 마세오 형제가 말했다. "제 말은 어째서 온 세상이 사부님을 따르느냐는 거예요. 어째서 모든 사람이 사부님을 보고 싶어 하고 사부님 말씀을 듣고 싶어 하고 사부님께 봉사하고 싶어 하나요? 사부님은 딱히 아름답지도 매력적이지도 않아요. 그렇다고 학문이 특출한 것도 아니고 높은 귀족 집안도 아닌데 어째서 온 세상이 사부님을 따르려고 하나요?"

이 말을 들은 성 프란치스코는 마음이 뛸 듯이 기뻐서 그의 영혼이 하느님께 다다를 때까지 얼굴을 들어 하늘을 향한 채로 한참을 그렇게 서 있었다. 그러고 나서 그는 무릎을 꿇고 하느님께 감사를 드리고 찬미하고는 커다란 기쁨에 넘쳐 마세오 형제에게 몸을 돌려 말했다. "어째서 나인지, 어째서 나인지, 어째서 나인지 알고 싶나요? 하느님은 언제 어디에서나 모든 선함과 악함을 알고 있어요. 그분은 세상의 모든 죄인 가운데에서도 내가 가장 나쁘고 가장 보잘것없고 가장 모자란 사람이라고 여기질 않아요. 그래서 그분이 나를 이렇게 만든 거예요. 하느님은 기적을 완성하기 위해서 세상의 그 어떠한 사람도 하찮다고 생각질 않아요. 내가 선택된 이유는 이 세상의 영광과 지혜를 부끄럽게 만들기 위해서예요. 모든 권력과 온갖 좋은 것은 오로지 그분에게서 나오는 것이지 아무도 기리거나 높일 수 없는 피조물에서 나오는 것이 아니라는 걸 사람들은 깨달을 거예요." 이에 마세오 형제는 깜짝 놀라 성 프란치스코야말로 진실되고 순수히 겸손하다는 걸 확실하게 알아차렸다.

성 프란치스코가 제비들에게 명하고 새들에게 설교하다

성 프란치스코가 사부르니아노Savurniano 성에 가서 설교하려 했다. 그런데 마당에 수많은 제비들이 시끄럽게 지저귀고 있었다. 이에 프란치스코가 설교를 마칠 때까지 조용히 있을 것을 명하자 제비들은 순종했다.

그러고 나서 카나조Canajo와 베바뇨Bevagno[38] 사이 땅에 다다랐을 때의 일이다. 열심히 길을 걸어가다 머리를 들어 길가의 나무들을 바라봤더니 거기엔 새들이 크게 무리지어 앉아 있었다. 이에 깜짝 놀란 성 프란치스코는 동료들에게 이렇게 말했다. "여기 이 길에 남아서 날 기다려주오. 내가 가서 내 사랑하는 형제자매 새들에게 말을 건네고 와야겠소." 그는 들로 나아가 그곳에 있던 새들과 이야기를 나

---

38 이탈리아 움브리아 지방의 카나라Cannara와 베바냐Bevagna로 보인다.

누기 시작했다. 그러자 곧바로 나무 위에 앉아 있던 새들도 모두 날아들었다. 그가 설교를 마칠 때까지 모든 새가 조용히 있었고, 그가 새들을 축복해주자 그제야 날아갔다. 그리고 마세오 형제가 나중에 얘기하듯이 성 프란치스코가 새들 속으로 들어가 머리를 어루만지고 쓰다듬는데 단 한 마리도 날아가버리지 않았다.

성 프란치스코는 새들에게 설교할 때에 이런 말을 했다. "그대 새들이여, 내 형제들이여, 그대들은 언제 어디에서나 하느님을 찬미해야 합니다. 하느님께서 그대들에게 마음껏 날아다닐 수 있는 자유를 주셨기 때문입니다. 그리고 아름답고 훌륭한 겉옷도 주셨죠. 게다가 그대들을 하늘에서 살 수 있도록 해주셨죠. 그러니 하느님께 감사해야 합니다. 그대들은 파종하지도 추수하지도 않지만 하느님께선 그대들을 먹여 살리시고 냇물과 샘물을 마음껏 마시게 해주시고 산과 계곡과 높은 나무에 보금자리 은신처를 마련해주시죠. 그대들을 만드신 분께선 그대들을 간절히 사랑하십니다. 그러니 그분께 감사드리고 언제나 열심히 그분을 찬미합시다."

성 프란치스코가 말을 마치자 새들은 모두 부리를 열고 목을 길게 빼고 날개를 펄럭이며 작은 머리를 땅으로 조아리는 몸짓과 지저귐으로 아주 크게 기뻐하고 있다고 말했다. 성 프란치스코는 새들 모두와 함께 기뻐했다. 그는 그

큰 새 무리에, 게다가 아주 아름답고 다양한 모습에, 더욱
이 그가 새들 속에서 믿음에 가득 차 하느님을 찬미할 때에
새들이 얼마나 돈독하고 주의 깊었는지를 보고 아주 흥겨
워했다.

성 프란치스코가 레오 형제에게 환상을 해설하다

한번은 성 프란치스코가 매우 아팠을 때에 레오 형제가
그를 간호했다. 레오 형제는 마음속에서 환상을 보았는데
엄청나게 넓고 빠르게 흐르는 물줄기가 보였다. 누가 그 물
줄기를 건너나 봤더니, 수많은 수도회 형제들이 물줄기 속
으로 들어가는 것이었다. 그런데 그들은 그러자마자 세찬
물줄기에 휘말려 빠져 죽었다. 다른 몇몇은 물줄기를 반 이
상 건넜고 몇몇은 반쯤 왔고 다른 몇몇은 물가 가까이에 다
다랐지만 결국엔 모두 거센 물줄기 속으로 휘말려 들어갔
다. 모두 등에다 짐을 지고 있었기 때문이었다. 레오 형제는
이런 광경을 보고서 형제들에게 더욱 깊은 동정심을 느꼈
다. 하지만 그가 아직 그러고 서 있는데 갑자기 형제 한 무
리가 짐 꾸러미도 없이 물길 속으로 들어가 무사히 넘어가
는 것이었다.

이 꿈을 꾸고서 레오 형제는 일어났다. 그가 이 모든 환상을 설명하고 나자 성 프란치스코가 말했다. "그대가 본 것은 진실이라오. 거대한 물줄기는 이 세상이고 빠져 죽은 형제들은 가난의 서원을 지키지 않은 사람들이에요. 하지만 무사히 넘어간 사람들은 이 세상에서 아무런 재산도 찾거나 소유하지 않던 형제들이라오. 그래서 그들은 그렇게 쉽게 이 세상에서 영원한 곳으로 건너간 것이라오."

알베르나 산의 성 프란치스코와 매

복된 프란치스코가 홀로 알베르나 산에 조그만 움막을 짓고 머무를 때가 그의 순례 일생에서 가장 고통스럽고 거룩한 때였는데, 몸이 매우 아프고 허약해져서 새벽녘의 마투틴 기도Matutingebet[39] 시간에 맞춰 일찍 일어나지 못할 정도가 되었다. 그러나 매일 아침 그 시간이 되면 매 한 마리가 날아와서 울고 움막을 쪼아대면서 그를 깨웠다. 매는 성 프

---

[39] 마투틴은 라틴어 마르티누스Martinus에서 온 말로 "아침의"란 뜻이다. 교회 전례에서의 첫 기도 시간으로, 한밤중이나 새벽, 대개 새벽 2시 무렵에 이루어진다. 한밤중에 깨어 기도를 하는 것은 예수의 탄생과 부활 때에 사람들이 잠들어 함께하지 못한 것을 되새기는 것과 관련이 있다.

란치스코가 아침 기도를 위해 몸을 일으키기 전까지는 날아가질 않았다. 한번은 그가 너무나 피곤해하고 아파하자 매는 모든 걸 다 이해하고 깊이 동정이라도 하는 듯이 한 시간 정도 늦게 울었다. 날이 갈수록 성 프란치스코는 이 고귀한 새와 더욱 친밀해졌다.

알베르나 산을 떠나려고 할 때에 그는 바위와 숲과 매 형제로부터 간절한 작별 인사를 받았다. 그는 산을 향해 말했다. "하느님께선 알베르나 산을 보호하소서. 그대 복된 산이여, 언제나 안녕히 그리고 평화가 가득하길. 난 이제 더 이상 그대를 못 보겠지."

생명의 찬미가

성 프란치스코가 성 다미아노 성당에 아파 누워 있을 때에 성녀 클라라가 그를 간호했다. 그는 엄청난 고통에 시달리며 어느덧 자신을 뒤덮는 죽음의 그림자를 느꼈다. 그러나 그는 명랑하게 기운을 내어 말했다. "어둠을 밝히기 위해선 한 줌 햇빛이면 충분합니다." 그는 밤낮으로 노래하고 시를 지었는데, 세상의 온갖 아름다운 것들과 온갖 위로와 은총을 잊지 않고 있었기 때문이었다. 이를 통해 그의 좋으신 하느님께서 그를 축복해주셨다. 많은 형제들과 고독 속의 산과 계곡 들을 잊지 않고 있었기 때문이기도 했다. 그곳에서 그는 하느님을 만났다. 또한 강물과 들판과 동물과 새를 기억하고 있었기 때문이었다. 그것들에서 그는 기쁨과 위안을 가졌다. 하루는 그가 기도를 하려는데, 기도문 대신에 모든 생명이 주님을 찬미하기를 타이르는 찬미가를 노래했다. 이것이 라우데스 크레아투라룸Laudes Creaturarum, 생명의 찬미가로 프란치스코의 「태양의 노래」라고도 하는데 (그의 노래 중에서 유일하게 지금까지 남아 있는 것으로) 다음과 같다.

지극히 높으시고 전능하시고 자비하신 주님!
지극히 높으신 분이여, 오로지 당신만을
찬미하나이다, 찬양하나이다, 흠숭하나이다, 경외하나이다.
그 누가 당신을 감히 부르오리까.

오, 모든 피조물아, 주님을 찬미하여라,
우리 형제 태양아, 그분은 너를
빛을 만들고 우리를 비추게 하셨지.
넌 얼마나 아름답고 반짝반짝 빛나는지,
너에게서 높으신 주님이 보인단다.

오, 우리 자매 달과 별아, 주님을 찬미하여라,
그분이 너희를 하늘에서
맑고 고귀하고 어여쁘게 하셨지.

오, 우리 형제 바람아, 구름아, 온화한 모든 날씨야, 주님
을 찬미하여라,
네가 모든 피조물을 잘 살아가게 하는 것도
모두 그분 덕이지.

오, 우리 자매 물아, 주님을 찬미하여라,
넌 아주 쓸모 있고 겸손하고 귀하고 정결하지.

오, 우리 형제 불아, 주님을 찬미하여라,
그분이 너를 밤을 밝히도록 하셨단다.
넌 아름답고 즐겁고 강하고 거세지.

오, 우리 자매와 어머니인 땅아, 주님을 찬미하여라,
넌 우리를 보듬고 보살펴주지,
온갖 과일과 알록달록한 꽃과 약초도 내어주고.

오, 주님의 사랑으로 용서하는 사람과

고통과 슬픔을 참아내는 사람아, 주님을 찬미하여라,
복되다, 평화 속에 머무는 사람들,
지극히 높으신 분께서 왕관을 씌워주신다.

오, 우리 형제 죽음아, 주님을 찬미하여라,
어떤 생명도 그 손아귀를 빠져나올 수 없지.
죽음의 죄악으로 죽어나갈 것들 위로 불어라!
복되다, 주님께 굴복하는 죽음을 본 사람들,
두 번 다시 죽음이 괴롭히지 못하리.

주님을 흠숭하나이다, 찬미하나이다, 감사드리나이다,
겸손된 마음으로 주님께 봉사하나이다!

맺으며

순수하고 고귀한 사람의 삶은 늘 거룩하고 신비롭다. 그 삶은 엄청난 힘을 발산하고 저 먼 곳에까지 영향을 끼친다. 이 점은 그 옛날의 다른 영웅과 위대한 인물 들 대부분보다 아시시의 가난한 사람의 삶에서 훨씬 더 또렷이 드러난다.

겉으로만 슬쩍 살펴봐도 몇 세기에 걸쳐 온 이탈리아 땅에서 겸손하고 순박한 프란치스코만큼 그렇게 헤아릴 수 없는 사랑과 존경을 받은 사람은 없다.

무엇보다도 그를 높이 기렸던 예술가들에게 그는 구원자이자 영감의 원천이었다. 우리는 약한 어린아이라도 똑똑하고 자비로운 사람이 이끌기만 하면 곧 용기와 힘을 얻는 것을 자주 본다. 이처럼 예술가 중에서도 작품들이 심한 무관심과 홀대를 겪다가도 아시시의 스승이 외치는 사랑을 따르고 나자 갑자기 마치 봄처럼 뚫고 나와 활짝 피어나는 사람이 있다. 세계적으로 유명한 르네상스의 대화가 조토Giotto는 그의 놀라운 작품에서 볼 수 있듯이 사실 프란치스코를 깊이 사랑하고 그에게 고마워하며, 그의 정수를 심오하고 혼이 담긴 열정으로 그려내어 돋아난 사람이다. 내가 입을 다물고 복된 프란치스코에 대해 아무 말도 하지 않을 수 있다면, 여러분에겐 아시시의 그 장엄한 교회에 가서 조토가 벽에다 그린 프란치스코의 삶을 보는 것으로 충분할 것이다. 그 그림들은 프란치스코의 업적과 사건 들을 보여줄 뿐만 아니라 마치 감동적인 노래처럼 복된 프란치스코의 영혼에서 태어난 것임을 보여준다. 지극히 대담하고 정열적인 조토의 예술은 저 위대한 시인이자 사제인 프란치스코가 내는 목소리의 강력한 메아리와 근본적으로 다른 것이 전혀 없다. 활기차고 심오한 영혼은 늘 새로운 형식과 변화를 역설하고 그것에 참여하려 노력한다는 걸 우리는 흔히 목격한다. 그리스도의 참뜻이 시대마다 아주 다양한 방식으로 표현된 것이 그렇다. 시간이 흘러가며 가르침과 설교가 메마르고 무력해졌기에 그리스도는 시인과 예언자와 위대한 음악가를 통해 말씀하셨던 게 아닐까? 그리고 교회가 죄악과 부패의 심연에 빠졌던 시대에 그리스도는 화가, 건축가, 조각가 들의 작품들을 통해 새로운 힘을 얻어 말씀하셨던 것이다!

또한 복되고도 포근한 하느님의 말씀은 프란치스코의 모습으로 세상에 왔는데 그가 죽고 나서도 결코 사라지지 않았다. 그는 두 손 가득히 좋은 씨앗을 움켜쥐고서 온 땅에 뿌렸다. 씨앗들은 곳곳에서, 화가와 시인과 조각가와 현자의 영혼에서 싹을 틔우고 자라나고 꽃을 피웠다. 우리는 그가 이 세상 삶을 어떻게 살았는지, 그리고 그가 어떤 노래를 불렀는지 알지 못하더라도, 이미 그의 모습과 현명함과 사랑과 열정으로 깨우쳐 수많은 언어로 글로 음악으로 청동으로 대리석으로 다채로운 색으로 그를 호소했던 셀 수도 없을 만큼의 수많은 증인을 알고 있다.

르네상스 이후의 예술사에서 프란치스코만큼 그렇게 수많은 위대한 대가들이 꿈꾸고 그 꿈의 속성대로 각자 그 모습을 맞춤하게 형상화해낸 인물은 어쩌면 없을는지도 모른다. 그는 죽고 나서도 모든 예술가들이 사랑하는 사람이 되어 오래도록 사람들에게 온유하고 심오한 영향을 끼쳤다. 수백의 화가와 조각가 들이 그의 모습과 삶의 장면 장면을 살려냄으로써 그의 삶은 그야말로 영원한 기억을 그려낼 가치가 있는 시로 가득 차 빛났다. 그리고 옛 이야기꾼들이 그를 높이 숭앙하여 그에 관한 모든 이야기와 전설Sagen을 모았기 때문에, 그는 금세 카를 대제Karl der Große[40]나 신화 영웅처럼 회자되어 고귀한 성인담의 월계관을 두르게 된 것이다.

그뿐만 아니라 적지 않은 시인들이 그의 감수성과 정신을 베껴 쓰고 노래했다. 이 프란치스코의 후계자와 숭배자들은 단테보다 훨씬 더 오래전에 세속어[41]를 사용했고, 이탈리아 시 문학의 선구자 내지는 창시자로 높여져야 함에 틀림없다. 이미 프란치스코의 첫 제자와 벗 들 가운데에는 한편으로는 라틴어로 한편으로는 이탈리아 말로 시와 찬미가를 지었던 시인들이 많이 있었다. 프란치스코의 제자인 토마소 다첼라노Thommaso da Celano[42]는 「분노의 날Dies irae, dies illa」[43]이라는 위대하고 감동적인 노래를 지었다. 좀 더 후로

---

40 747년(또는 748년) 4월 2일에 태어나 814년 1월 28일에 죽은 그는 프랑크 왕국의 왕에서 출발하여 옛 서로마제국 일대를 통일하고 마침내 이른바 서로마제국 황제의 자리에 오른 정복 군주다. 그는 옛 서로마와 독일 일대의 정치적 불안과 도전을 제압하고 가톨릭교회와의 관계를 돈독히 하는 한편 도서관 설립, 법과 제도 정비, 교육 등에 힘써 "카롤링거 르네상스"라 불리는 문예 부흥을 일으킨 인물로 유럽 역사상 가장 유명한 세속인으로 꼽힌다.

41 중세를 지나기까지 라틴어는 유럽에서 종교적·학문적·정치적 공식 언어의 지위를 누렸다. 이에 반해 민중은 각 지역에서 실생활에 쓰이는 언어, 즉 세속어를 사용했는데, 이 언어들은 근대에 이르러 여러 유럽어의 기반이 되었다. 현재의 표준 이탈리아어는 피렌체를 중심으로 한 토스카나 지방의 세속어를 바탕으로 하여 만들어졌다.

42 1190년에 태어나 1260년에 죽은 그는 1215년에 프란치스코가 스페인에서 돌아오자 사제의 몸으로 프란치스코 수도회에 입회하고 독일 지역으로 전교 여행을 다녔다. 1228년에 프란치스코가 시성된 후 두 차례에 걸쳐 그의 전기 『성 프란치스코의 첫 번째 전기Vita prima S. Francisci』(1228〔또는 1229〕)와 『성 프란치스코의 두 번째 전기Vita secunda S. Francisci』(1246〔또는 1247〕)를 지었고 이후 1255년에 클라라가 시성되자 그녀의 전기 『동정 성녀 클라라의 이야기Legenda S. Clarae Virginis』(1255)를 지었다.

43 토마소 다첼라노가 지었다는 이 노래는 그리스도교 최후의 심판 날에 구원을 바라는 내용으로 이루어져 있다. 최근까지 가톨릭교회에서 장례 미사 때에 불렸다.

는 자코미노 다베로나Giacomino da Verona[44]가 단테보다 훨씬 앞서서 천국과 지옥에 대한 위대하고 아름다운 시를 지었다. 노래꾼들은 이 시인들을 수도 없이 "찬미"하며 뒤따랐으며, 특히 그들은 오랜 세월 동안 피렌체에서 모든 민중적인 시 작품들을 지어내는 대들보와 같았다. 그러나 프란치스코의 가장 위대하고 두드러진 계승자는 자코포네 데이 베네데티Jacopone dei Benedetti[45]인데, 그가 태어난 도시 이름을 따라 자코포네 다토디Jacopone da Todi로 불리기도 했다. 그는 가혹한 운명을 씁쓸히 견뎌내면서 고통에 가득 찬 아름다운 노래들을 지었다. 그의 수많은 노래들은 한밤중 깊은 산속에서 새빨갛게 타오르는 횃불처럼 참을 수 없이 뜨거운 불길로 타올랐다.

프란치스코가 여러 정신적인 영역과 미적 영역에서 압도적인 영향을 끼쳤다는 것은 누구나 아주 쉽게 증명할 수가 있다. 모든 사람들이 열렬히 사랑하고 배우려고 하는 모습

---

44 1255년에서 1260년 사이에 베로나에서 태어나 프란치스코 수도회에 입회하고 시작(詩作)과 설교에서 라틴어뿐만 아니라 베로나 세속어를 사용하여 유명해졌다고 한다. 「지옥의 도시, 바빌론De Babilonia civitate infernali」과 「천국의 예루살렘De Jerusalem celesti」이 남아 있으며 단테가 그의 존재를 알고 있었다는 사실이 확인되고 있다.

45 1230년에서 1236년 사이에 태어나 1306년 12월 25일에 죽은 자코포네는 변호사였는데 어린 아내를 사고로 잃고 나서 직업을 버리고 거리에서 구걸하며 참회자로 살았다. 자코포네는 "미친 야콥"이란 뜻이다. 프란치스코 수도회에 입회하여 극단적인 가난을 실천했으며 이 때문에 보니파치우스 8세로부터 파문을 당하기도 했다. 라틴어뿐만 아니라 움브리아 세속어로 예수의 수난을 다루는 종교적 시를 많이 썼다.

과 기억을 만들어내는 이 위대한 사람으로부터, 예술은 새로운 활동 영역과 활력을 받아들였다. 헤아릴 수 없이 영원한 이 사람을 떠올리면 기적이 일어나고 생기가 일깨워지며, 업적을 이루는 영웅과 그림을 그리는 화가와 노래를 부르는 노래꾼에게 영감이 스며드는 것이다. 왜냐하면 그들 모두는 프란치스코를 통하여 애타는 그리움을 일깨우는 알레고리와 세상을 향하는 하느님의 말씀을 알아차렸기 때문이다.

프란치스코는 생명의 찬미가밖에는 남긴 것이 없는데 어째서 위대한 시인으로 부르느냐고 묻는다면, 그는 우리에게 조토의 결코 사라지지 않을 그림들과 모든 아름다운 성인담들과 자코포네의 노래들과 다른 수천 편의 고귀한 작품들을 선사했기 때문이라고 답하겠다. 그것들은 그가 없었더라면, 그리고 그의 영혼에서 나오는 신비로운 사랑의 힘이 없었더라면 결코 이루어질 수 없는 것들이었다. 그리고 그는 우리가 르네상스라고 부르는, 정신과 예술이 새로이 탄생하던 그 시대라는 거대한 작품을 지어낸 수수께끼같이 위대한 첫 사람들 중의 하나로 꼽힌다.
아, 어여쁜 작품들을 완성한 유명한 작가와 시인 들이 그 얼마나 많았던가! 그러나 하늘의 천사가 씨앗을 뿌리듯 민중에게 근원적인 힘과 가슴속에서 불타오르는 말과 영원에

대한 생각과 태곳적 인류의 그리움을 뿌리는 사람은 드물다. 그리고 아름답게 꾸민 글과 예술이 아니라 오로지 순수하고 고귀한 존재로 수 세기에 걸쳐 사랑과 찬미를 받고, 지고지순한 곳에서 우리를 비추는 복된 별로 서 있으며, 어둠 속에서 이리저리 헤매는 인류를 위해 미소 짓는 찬란하고 온유한 길잡이와 통솔자인 사람 또한 드물다.

(1904년)

부록

조토 디본도네의
"프란치스코 성인담" 프레스코 연작[46]

---

46 조토는 1297년에서 1299년 사이에 아시시의 성 프란치스코 성당의 윗성당 벽 하단
   에 "프란치스코 성인담Leggenda Francescana" 프레스코 연작을 완성한다. 이 연
   작은 보나벤투라Bonaventura(1221~1274, 프란치스코 수도회 출신 철학자, 총회
   장, 추기경)가 펴낸 『위대한 성인담*Legenda Maior*』을 따라 그렸으며 각 장면마다 그
   책에서 해당하는 글을 따와 덧붙였다. 한국어 설명은 그 글을 번역한 것이다.

어느 평민이 성 프란치스코를 존경하다. 이 아시시의 평민은 성 프란
치스코 앞에 자기 겉옷을 펼쳐 영예로운 발걸음을 떼도록 청하다. 그
러곤 그가 하느님에게서 감화받았으며 모두가 추앙해야 마땅하다고
선언하다. 곧 위대한 업적을 이루어내어 모두에게 존경받을 것임에
틀림없기 때문이다.

성 프란치스코가 허름한 옷을 입은 어느 가난한 기사를 만나다. 동정심이 생겨 바로 자기 옷을 벗어 그를 입히다.

무구로 가득 찬 스폴레토의 어느 궁전을 본 꿈. 성 프란치스코가 밤중에 선잠에 빠졌을 때에 호화로운 궁전을 보았는데 그곳은 그리스도의 십자가가 새겨진 무구로 가득하다. 그가 그것들이 누구의 것이냐고 묻자 하늘에서 모두 그의 것이며 그의 기사들의 것이라는 대답이 들리다.

성 프란치스코가 십자고상 앞에서 기도할 때에 십자가에서 목소리가
들리다. "프란치스코야, 가서 무너져 사라진 내 집을 지어라." 그 집
은 로마 교회를 의미한다.

성 프란치스코가 아버지에게 모든 것을 돌려주고 아버지와 현세의 재화를 포기하다. "오늘부터 나는 확실히 말할 수 있습니다. 우리 아버지는 하늘에 계신 분입니다. 피에트로 디베르나르도네가 날 내쫓았기 때문입니다."

교황 이노첸츠 3세가 거의 무너지고 있는 라테라노 대성당과 가난한
자, 성 프란치스코가 등으로 성당을 받치며 무너지지 않게 하는 모습
을 보다.

교황 이노첸츠 3세가 프란치스코 형제들의 수도회칙을 승인하고 설교 사명을 주다. 한편 성인과 동행한 수도자들에게는 하느님의 말씀을 전하기 위해 삭발하는 것을 허락하다.

성 프란치스코가 어느 오두막에서 기도할 때에, 수도자들이 저 멀리 도시 밖의 오두막에 모여 있다가 한밤중에 성 프란치스코가 불타는 마차를 밝게 밝히고 돌아다니는 모습을 보다. 온 집이 환해지자 깨어 있던 사람들이 몹시 놀라고 자던 사람들도 깨어나 깜짝 놀라다.

한 수도자가 하늘에 화려한 수많은 의자들이 있는 환상을 보다. 그 중 하나가 다른 의자들보다 빛나고 있었다. 그가 자기에게 말하는 소리를 듣다. "이 화려한 의자는 원래 한 천사의 것이었는데, 그 천사는 너무 교만한 나머지 추락했다. 지금은 경건한 프란치스코를 위해 비워두었다."

성 프란치스코가 아레초 시 위를 날아다니는 악마들을 보고 제자 실베스트로에게 말하다. "가서 하느님의 이름으로 악마들을 쫓아내시오. (⋯) 그리고 성문 근처에서 소리 지르시오." 실베스트로가 순종하여 소리 지르고 악마들을 곧장 쫓아내자 금세 아레초 시민들에게 평화가 되돌아오다.

성 프란치스코가 그리스도의 신앙을 증거하기 위해 바빌로니아 술탄의 성직자들과 함께 큰 불을 건너려 하다. 그러나 그 누구도 그와 함께 가려 하지 않고 오히려 성인과 술탄 앞에서 곧바로 도망치다.

성 프란치스코가 기도에 깊이 잠겨서 팔을 위로 추켜올리자 밝게 빛
나는 구름이 그를 감싸다. 그 모습을 제자들이 지켜보다.

성 프란치스코가 크리스마스를 기념하기 위해 밀짚과 소와 나귀를 마련해 오도록 하고는 가난한 왕에 대해 설교하다. 성인이 기도에 잠긴 사이에 한 기사가 누워 있는 아기 예수를 보다.

성 프란치스코가 나귀에 올라 산을 오르다. 가난한 나귀 주인이 목이
말라 고통스러워하며 죽을 지경이 되자, 그를 위해 기도하고 바위에
서 물이 콸콸 쏟아져 나오도록 하다. 그곳에선 결코 일어난 적이 없으
며 그 후로도 다시는 일어나지 않는다.

성 프란치스코가 베바냐로 갈 때에 수많은 새들에게 설교하자, 새들이 기쁨에 들떠 목을 쭉 뻗고 날갯짓을 하고 부리로 수도복을 어루만지다. 이 모든 것은 기다리던 제자들이 본 것이다.

성 프란치스코가 자기를 식사에 겸손히 초대한 첼라노의 기사의 건강
한 영혼을 위해 청원하다. 그 기사는 그러고 나서 집에서 자기 물건을
정리하고는 다른 사람들이 식탁으로 갈 때에 갑자기 죽어 주님의 품
에서 쉬다.

성 프란치스코가 교황과 추기경 앞에서 아주 겸손하고 보람되게 설교하자, 그가 말하는 법을 배워서가 아니라 하느님의 감화를 받아 연설한 것이 분명해지다.

파두아의 성 안토니우스가 아를의 주교좌 회의에서 설교할 때에 자리에 없던 성 프란치스코가 나타나서 그들에게 손을 펼치고 형제들을 축복하다. 다른 수도자들이 몹시 기뻐하다. 이는 모날도가 본 것이다.

성 프란치스코가 알베르나 산 산줄기에서 설교할 때에 십자가에 못
박힌 세라핌의 모습을 한 그리스도를 보다. 세라핌이 그의 두 손과 두
발과 오른쪽 가슴에 우리 주 예수 그리스도의 십자가 성흔을 새기다.

성 프란치스코가 죽는 순간에 한 수도자가 그의 영혼이 빛나는 별의
모습을 하고 하늘로 올라가는 것을 보다.

성인이 죽는 그 순간에 오랫동안 아무 말이 없던 수도원장 아고스티노 형제가 죽음이 가까이 오자 고통에 겨워 외치다. "기다려주세요. 사부님과 함께 가겠습니다." 그러고는 곧 죽어 성인을 따르다. 대천사 성 미카엘의 산 위에 머물던 아시시의 주교가 성 프란치스코를 보자 성 프란치스코가 말하다. "이제 나는 하늘로 갑니다."

성 프란치스코가 포르치운쿨라에서 죽어 눕자 유명한 의사이자 학자
인 지롤라모가 다가와서 자기 손톱을 움직여 성인의 손과 발과 가슴
을 만지다.

성인의 몸을 아시시로 옮기자 수많은 사람들이 모이다. 거룩한 몸을 나뭇가지와 천상의 보석으로 장식하고 수많은 초를 켠 다음에 하느님께 바쳐진 동정 성녀 클라라에게 데려가다.

교황이 스스로 아시시에 와서 성직자들 앞에서 조심스럽게 기적을
조사하고는 성 프란치스코를 시성하고 복된 자들의 서책에 이름을
올리다.

교황 그레고르가 성인의 가슴에 난 상처를 의심하자 성 프란치스코가 꿈에 나타나 말하다. "빈 단지를 하나 주시오." 단지를 주고 나서 교황이 성인 가슴에서 나온 피로 가득 찬 단지를 보다.

성 프란치스코가 손으로 붕대를 풀고 상처를 가볍게 쓰다듬자, 부상을 입어 죽을 지경이 되어 의사들도 겸허히 곧바로 포기한 조바니 디 일레르다가 낫다.

성 프란치스코가, 성직자와 다른 사람들 면전에서 죄를 저지르고는
아직 고해를 하지 못하고 죽은 여자를 되살리다. 그 여자는 다시금
죽어 주님 안에서 쉬다. 그리고 악마는 도망치다.

성 프란치스코가, 이단의 죄를 짓고 교황으로부터 주교에게 넘겨진
죄수를 풀어주다. 이는 성 프란치스코의 영명 축일에 일어난 일로,
그 전날에 이 죄수는 교회의 법에 따라 단식했다.

아시시의 성 프란치스코의 작은 꽃다발

방금 『성 프란치스코의 작은 꽃다발*Fioretti di San Francesco*』이 독일어판으로 출판되었는데 아주 주목할 만한 가치가 있다.[47] 지난 10년 동안 성 프란치스코의 성품과 참뜻에 몰두하고 점점 더 이해를 더해가려 하는 중에 어쩌면 그에 대해 알고 있는 몇 개의 메모를 가지고 이 책의 서평을 시작하는 것은 부적절한 일일지도 모른다.

아시시의 프란치스코는 1182년에 아시시의 부유한 상인

---

47 성 프란치스코의 삶을 다룬 시화집Florilegium인 이 책은 오토 폰 타우베 남작Otto Freiherr von Taube이 번역하고 오이겐 디데리히스Eugen Diederichs 출판사에서 1905년에 출판했다. 헨리 토데Henry Thode가 서문을 썼다. 이탈리아어 원서는 14세기에 쓰인 것으로 저자는 밝혀지지 않았다. 사료로는 중요한 가치를 인정받진 못했지만 민중은 이 책을 매우 사랑했다. 이 글은 이 책에 대한 헤르만 헤세의 서평이다.

피에트로 베르나르도네의 아들로 태어났다. 원래 이름은 조바니 베르나르도네다. 학문에는 별 뜻이 없었고 귀족 자제들과 고상한 시민들과의 교제를 통해 세속적으로 자라났다. 추측건대 종교적인 문제들 또한 그의 환경에 영향을 미쳤을 것이다. 그의 아버지는 여러 차례 대규모로 무역 여행을 다녔다. 특히 남프랑스의 시장들을 다닐 때에 자기 시대의 커다란 움직임들을 불가피하게 알게 되었음에 틀림없다. 자유로운 도시 분위기와 도시의 시민 문화가 활짝 피자 새로운 바람이 끓어올랐다. 교회는 이를 제대로 이해하지 못했다. 교회는 늘 마음을 졸이면서 황제와 분노로 가득 찬 싸움을 하고 있었기 때문이다. 사람들은 그리스도의 가르침과 위안과 복음의 전달과 설명을 뜨겁게 요구하고 있었지만, 설교는 악의가 있었고 빵 대신에 돌멩이만을 안겨줄 뿐이었다. 그러자 여기저기에서 행동가와 선동가, 평신도 설교가와 평민 지도자 들이 들고 일어났다. 예언자와 마법사, 이단자와 진정으로 위대한 대중 연설가 들이 있었다. 그들 중 몇몇은 몽상으로 빠져 흔적도 없이 사라졌고, 또 다른 이들은 결실 없는 투쟁으로 상처를 입었다. 거의 대부분은 질투심 많은 교회에 의해 폭력적으로 금지됐다. 갑자기 곳곳에서 이단자와 순교자와 격분한 민중 들의 열정적인 운동이 일어났다.

하지만 이런 시대 분위기가 유년 시절 프란치스코에게 끼친 영향에 대해 확실히 알려진 바는 없다. 그는 다른 흐름에 갈수록 더 강하게 빠져들었다. 바야흐로 트루바두르들의 첫 노래들이 울려 퍼지기 시작한 때였는데, 프란치스코는 그 숨결을 평생 간직했다. 예술적인 시를 통해 자신의 삶과 가치를 높이려는 욕구는 어느 한 순간도 완전히 사라지질 않았다. 먼저 이런 충동은 젊은 혈기를 발산하는 방식으로 나타났다. 프란치스코는 호화로운 파티 생활에 열정적으로 빠져들었고, 귀족 동료들보다 무엇에서든지 앞서 나가려 해서 아버지의 돈 주머니를 아끼지 않았다. 파티를 열거나 참석하고, 무기, 갑옷, 말 따위에 욕심을 드러냈다. 그의 이상은 완벽한 기사가 되는 것이었고, 눈에 띌 정도로 욕심껏 열정과 노력을 기울였다. 이런 장난 같고 반쯤은 어린아이 같은 활동에서도 이미 자신의 삶에서 심오한 열망과 이상이 필요하고 그것에 완벽히 헌신하며 따라야만 하는 한 인간의 모습이 보였다. 그는 깊고도 고귀한 삶을 살려 했다. 그러한 길을 예감하자 조금도 망설이지 않았다. 그는 지저귀는 새의 본성과 같은, 전혀 무너지지 않는 쾌활함이라는 아주 소중한 유산을 가지고 있었다. 웃음, 노래, 따뜻한 말은 단 한 순간도 그에게서 사라진 적이 없다. 높은 곳을 향한 열정적인 노력과 그러면서도 어린아이와 같은 흥거운 천진난만함과 따뜻함이라는 두 특징은 그의 존재와 삶을 명백히 밝히고 있다.

아직 스무 살에 못 미쳤을 때에 프란치스코는 페루자의

공격에 맞선 방어전에 참가했다. 아시시를 다스리던 황제의 총독인 스폴레토 공작이 실각하자, 하층민들이 귀족에 저항하여 반란을 일으켜 점점 더 크게 위협했고, 몇몇 남작들은 배신을 저질러 막강한 페루자에 도움을 요청했다. 페루자는 이에 응하여 재빠르게 전쟁을 벌여 약한 아시시 군대를 완벽히 제압했다. 열광적으로 전투에 참가한 프란치스코는 다른 많은 사람들과 함께 포로가 되어 페루자로 끌려갔다. 그곳에서 그는 꼬박 한 해 동안 감옥에 갇혔다. (덧붙이자면 그의 고상하고 예의 바른 행동으로 반쯤은 귀족 대우를 받았다.) 오랜 구금 생활에도 그는 전혀 굴복하지 않았다. 오히려 생기가 넘치고 즐거워하면서 고통받는 동료들에게 힘을 불어넣었다. 그리고 그는 곧 진정한 전사나 흠잡을 데 없는 기사가 되고 싶다는 희망을 끊임없이 이야기했다.

1203년 말에 감옥에서 풀려나 아시시로 돌아오자 그는 곧바로 옛날의 방탕한 생활로 돌아갔다. 상석에 앉아 오락과 성찬을 베풀었고 귀족이 하는 방식대로 돈을 아끼지 않았다. 가장 오래된 전기 중 하나에선 그를 프린첩스 유벤티투스라 칭했다. 중병에 걸리자, 스스로 그 병에게 졌다고 믿었는데, 질책성 휴식을 가지면서 변화를 시도할 수밖에 없었다. 하지만 그것도 오래가진 않았다. 얼마 후에 바로 다시 한 번 세상에 이름을 날리고 빛나는 삶을 살아보고자 하는 열정이 불타올랐다. 모험과 위업, 그리고 영광과 존경으로 향하는, 고대하던 길이 열리는 것만 같았다.

남부 이탈리아에선 유명한 장군이자 기사인 발터 폰 브리엔이 교황에 고용된 군대를 이끌며 전쟁을 일으키려 했다. 그에게 모든 방면에서 지원자들이 열렬한 기세로 몰려들었다. 아시시에서도 많은 귀족 소년과 성인 들이 참여하려 마음먹었다. 프란치스코는 이 소식을 듣자마자 열광해서 동참하려 했다. 열병과도 같은 맹렬한 흥분이 그를 덮치자 그는 다른 누구보다도 훨씬 비싸고 탐스러운 복장과 무구를 갖췄다. 그는 만나는 사람마다 자신의 계획과 희망을 말했다. 타오르는 기대와 업적을 이루려는 욕망에 도취되어 그는 도에 넘치게 야심만만한 유년기의 꿈이 이루어지는 길을 이미 찾은 것만 같았기에, 군주와 월계관을 쓴 승리자가 되어 돌아올 것이라고 떠벌리고 다녔다. 출정의 날에 값비싼 말 위에 앉아 동료들에 합류하자 동료들은 그의 화려한 무구를 한껏 부러워했고 놀랍게도 뒤로 물러섰다.

이틀 후에 프란치스코는 상심하고 풀이 죽은 모습으로 변해 홀로 아시시로 돌아왔다. 무구는 어느 가난한 귀족에게 선사했다. 그가 돌아오게 된 이유는 불확실하다. 아마도 그의 동료들이 그의 자만하는 태도에 벌을 주었거나, 갑작스러운 병 때문에 약해졌기 때문일 것이다. 어쨌거나 그는 당시에 그의 영혼이 사투를 벌이고 하느님이 그의 마음을 어루만지는 시간을 경험했다. 신비에 가득 찬 그 시간 동안에 그의 야망과 모험욕은 빈 껍질처럼 사라졌다. 그렇게 집으로 돌아온 그는 조롱과 냉소를 받았다. 그는 신경을 쓰지 않았다. 그는 더 심오한 것에 번민했다. 그의 이상, 그의 희망과 삶의 목표는 이제 가치가 없어져 파괴되었다. 그다음은? 그는 새로운 이상과 새로운 삶의 윤곽이 필요했고, 빛나는 삶의 기쁨에 젖기 위하여 새로운 하느님과 믿음이 필요했다. 그는 오랫동안 애타게 열망하고 갈구하며 야위어갔다. 옛 친구들의 근사한 초대가 다시 있었지만 그는 들은 체도 하지 않다가 불현듯 그들을 어느 파티에 초대했다. 늦은 밤까지 먹고 마시다 사람들은 기분이 들떠 시끄럽게 떠들고 노래 부르며 골목골목으로 몰려다녔다. 프란치스코는 따로 떨어져 나와 깊은 생각에 빠져들었다. 그날 밤에 그는 새로운 이상에 대해 처음으로 예감이 들었던 것이다. 동료들이 그를 찾아 둘러싸고는 웃으며 혹시 여자를 맞이하려는 생각을 하고 있는지를 물었다. 대답은, 누구나 상상할 수 있는 것보다 더 고귀하고 아름다운 신부를 찾아냈다는 것이었다. 그들은 그가 취했다고 생각하고 웃으며 그를 홀로 남겨두고 떠났다. 그때가 마지막 파티였고 옛 생활의 마지막 날이었다.

　이것이 성인의 젊은 시절 이야기이다. 현란한 소설 같고 요염한 매력이 있는 이야기다. 그러나 이 젊은이는 노래와 농담을 즐기며 늘 쾌활하고 아름다운 것을 보고 기뻐하며 금세 감동했다. 재치 있고 우아한 기사도 정신도 잃어버리지 않았다. 진실된 삶을 아주 순박하고 단단히 살아나가는 바탕에 새롭고 더 높고 정신적인 아름다움이 더해졌고, 수천 명의 마음을 얻은 영원히 시들지 않는 우아함과 동심의 숨결이 이 인내하는 성인의 모습을 둘러쌌다.

고독과 기도 속에서, 부족한 사람과 가난한 사람 들과의 교통 속에서 프란치스코는 새로운 삶을 시작했다. 그동안 그는 내내 끓어오르는 조바심 속에서, 채워지지 않은 종교적 추구와 열망에 목말라하며 지냈다. 결국 그는 로마로 순례를 떠나기까지 했다. 그곳에는 그가 찾으려 했던 것은 없었다. 그러나 그는 돌아오자마자 어디에서나 분쟁하는 사람들을 용서하시고 그와 수많은 믿고 따르는 이들을 구원하시는 하느님께 향하는 순박한 길을 깨닫기 시작했다. 그는 제자들을 세상에 파견한 예수의 말씀을 라틴어 복음 원문 그대로 솔직하게 따르기로 결심했다. 확실히 그 이전에도 많은 사람들이 시도했지만, 그들은 대개 고행자나 은자나 미치광이였다. 프란치스코는 예수의 말씀을 독단적으로 해석하지 않고 무엇보다도 나날이 일어나는 생활 속에서 그 의미를 파악해서 자신을 깨끗하고 현재적이고 적극적인 삶으로 이끌려 했다. 그렇게 그는 사도들의 가난 규정을 본능적으로 깨달아 지키려 했던 것이다. 완전히 비우는 것이야말로 본질적인 자유를 가능케 한다는 것을 알았기에 곧 자신이 가진 재산을 과감히 정리했다. 또한 본능적으로 길거리에서 대화를 나누고 우정 어린 토론을 하면서 그는 차차로 평민 설교자가 되었다. 결정적으로 그는 자기 스스로도 나날이 지키지 못했을 어떠한 경고나 규범만을 설교하지 않고 자기 스스로가 가르침을 지키고 지지했다. 하지만 더욱 중요한 것은, 그가 음울한 복장을 하고 질책하는 회개 설교자나 순교자 행세를 하는 고행자로 나타난 것이 아니라 활기차면서 겸손된 자세였다는 것이다. 그는 올러대거나 호통치지 않고 사랑스럽고도 즐거운 마음으로 청중을 불러 모았다. 그는 자신과 첫 제자들을 요쿨라토레스 도미니, 곧 신의 어릿광대들이라고 불렀다. 그는 청중을 지옥의 불로 뜨겁게 달구려 하지 않고 하느님을 섬기는 노래꾼과 재주꾼이 되어 세상과 천국을 두드러지게 했다.

고난과 역경은 점점 더 커져갔다. 프란치스코 전기를 읽는 독자들 중에는 지금 그렇게 했다면 미쳤다는 소리를 들었을 것이라고 생각하며 감탄하는 사람이 있을 것이다. 하지만 당시라고 더 쉬웠던 건 아니다. 도시의 세력이 점점 더 커지고 상업이 꽃피면서 돈이 이미 중요한 권력으로 자리 잡은 시대였기 때문에 가난의 복음은 확실히 당연시되거나 매혹적으로 들리지 않았다. 프란치스코는 농부나 무산자가 아니라 도시민에다 부유한 상인의 아들이었고 귀족 청년들의 친구였다. 그가 말을 팔아 성 다미아노 성당 신부에게 주고 거지와 비참한 사람 들 속으로 들어가고 젊은 귀족의 생활 습관을 모두 버리자 단지 친구들만 떨어져 나간 것이 아니었다. 그의 아버지는 그를 공개적으로 난폭하게 다루고 가두었다. 그러고 나서 그를 법정으로 끌고 가서 굴욕적으로 상속권을 박탈하고 쫓아냈다. 그의 형제는 그를 멸시하고 매우 부끄러워했으며, 다른 모든 사람들도 그를 조롱하고 경멸했다. 그는 아시시의 미치광이가 되었다. 하지만 그는 약해지지 않았다. 그는 화를 내지 않고 욕설을 견뎌냈으며, 그를 불쌍히 여긴 주교의 종이 선물한 웃옷을 입고 다녔다. 그는 공동체를 세우려는 생각은 전혀 없어 애쓰지 않았다. 단지 하느님의 영광을 드러내기 위하여 버려진 조그만 성당을 혼자서 고치려고 했다. 뭔가 부족할 때마다 시내로 나가 만나는 사람마다 건축에 쓸 벽돌이나 제단 램프를 밝힐 기름을 기부하기를 청했다. 점차로 보람이 없을 것 같던 인내가 결실을 맺기 시작했고 점점 더 많은 사람들이 그의 겸손되고 진실한 태도를 존경하기 시작했다. 절절한 겸손으로 탁발을 하는 동안에 한 사람 한 사람과 나눈 대화 속에서 그는 자기도 모르는 사이에 위대한 설교자가 되었다. 곧 첫 제자가 찾아왔는데, 영혼의 문제로 조언을 구하려 한 젊은 부자였다. "당신 재산을 가난한 사람들에게 주시오, 아무것도 가지지 말고 내 형제로 나와 함께 사시오." 프란치스코가 그에게 조언하자, 그는 가서 모든 것을 처리하고 평생 동안 포베렐로(민중이 성인에게 붙인 애칭이다)의 충실한 제자로 살았다.

1210년에 제자를 몇 명 두었을 때에 프란치스코는 로마로 가서 교황에게 자신의 젊은 공동체를 인가해줄 것을 간청했다. 몇 번이나 우물쭈물 연기된 끝에 인가가 떨어졌고 교회에는 몇 세기에 걸쳐 가장 위대한 평신도 설교자가 탄생했다. 그의 수도회는 몇 세기 동안 진정한 평민 설교자들의 원천과 고향이 되었고 로마 교회의 확실하고 막강한 지원을 받았다.

새 수도회가 급속히 성장하면서 제자 수가 수백에서 곧 수천으로 늘자 창설자의 개인적인 삶은 뒷전으로 밀려났다. 커다란 공동체의 통솔, 감독과 책임, 수도회칙의 기초, 이 모든 것 때문에 그는 점점 더 큰 걱정과 부담과 약간의 실망까지 겪게 됐다. 초창기엔 더 적은 수의 동료들에게 두 배의 애정을 기울였지만, 부담과 근심이 자라나자 그는 고요한 자연환경 속에서 평온함을 찾고 그의 가장 깊은 근원으로 돌아가 휴식을 취할 필요를 느꼈다. 그것이 그를 고갈되지 않게 하고 우리에게 놀라운 「태양의 노래」, 생명의 찬미가를 안겨준 원천이었다. 자연과의 깊은 일체감 속에 프란치스코가 오늘날에 이르기까지, 종교적으로 무관심한 사람들에게까지 영향력을 행사하는 신비로운 마법이 깃들어 있는 것이다. 그는 즐거운 삶에서 오는 기쁜 마음으로 세상 만물과 친교를 맺었고, 자기와 관련된 모든 존재를 환영하고 사랑했다. 그는 교회로부터 물든 모든 상징에 사로잡히지 않았으며, 그가 보여준 시대를 초월한 인간성과 아름다움은 후기 중세 역사를 통틀어 가장 중요하고 고귀한 현상에 들었다.

형제들의 삶, 수녀회, 그의 후기 모습, 그의 성흔과 죽음에 대해선 "꽃다발"에 이모저모 나와 있다. 여기에선 몇 가지 자료만을 알려드리려 한다. 1224년에 그는 알베르나 산으로 유명한 여행을 떠나는데, 이미 병들고 죽음을 예감한 상태에서 성흔의 신비를 체험한다. 1226년 10월 3일에 그는 심각한 고통 끝에 죽는다. 모든 성인 전기vitae sanctorum를 통틀어 그의 죽음 이야기만큼 감동적이고 아름다운 죽음의 기록은 없다. 이 "꽃다발"에도 그 이야기가 기록되어 있다. 그가 죽고 나서 두 해가 채 못 된 1228년 7월에 교황 그레고르 9세[48]는 그를 성인으로 선포했으며 동시에 아시시에 프란치스코 성당의 주춧돌을 놓았다. 이 성당은 어떤 의미에선 이탈리아 미술사의 탄생지로 여겨질 만하다. 프란치스코와 미술 사이의 관계와 몇 세기에 걸친 그의 거대한 문화적 의미에 대해선 헨리 토데가 그의 유명한 프란치스코 책[49]에 기술했다. 그의 책은 가장 철저하고 중요한 근대 미술 관

---

48 1167년에 태어나 1241년 8월 22일에 죽은 그는 교황 이노첸츠 3세의 조카로 프란치스코회와 도미니크회를 후원하는 한편, 종교재판소를 열어 이른바 이단들을 억눌렀다. 신성로마제국 황제 프리드리히 2세와 대립하여 그를 파문하기도 했다.

49 『아시시의 프란치스코와 이탈리아 르네상스 미술의 시작Franz von Assisi und die Anfange der Kunst der Renaissance in Italien』이 그것이다.

련 논문 중의 하나다. 성인이 살아 있을 때에 이미 민중 사이에선 몇몇 일화와 그의 삶을 다룬 성인담이 널리 퍼졌다. 그가 죽고 나서 그의 생애와 성품을 다룬 이야기가 구전(口傳)되어 널리 퍼진 까닭에, 수도원과 저택 들에서 이야기되며 신앙심을 높이고, 정원과 길거리에서 입에서 입으로 전해지는 성인담들이 점점 더 늘어났다. 이 순진하고 싱싱하게 살아 있는 이야기들은 거의 예외 없이 민중이 누리던 것으로 14세기 움브리아 땅에서 처음으로 모아져 "성 프란치스코의 작은 꽃다발"이라는 이름이 붙여졌다. 이 모음집은 점차로 초기 프란치스코 수도회 때의 전기적 일화들이 더해져 분량이 늘어났고, 인쇄 시대 이전에 이미, 오늘날에도 그렇지만 이탈리아 민중이 가장 사랑하는 책이 되었다. 이 "꽃다발"은 경건한 내용에도 불구하고 이탈리아 소설 문학의 선구자이며, 이탈리아 문학에서 위대한 인물이 세운 가장 아름답고 영원히 사라지지 않는 기념비다. 이 책은 프란치스코의 삶과 업적과 말을 역사적으로 증명하지는 않지만 그가 얼마나 매력적이고 진실한 성품을 가졌는지 아주 자세한 부분까지 그려내고 있고, 몇 세기에 걸쳐 민중의 경건한 추억 속에서 그리고 여전히 그가 살아 있다는 것을 보여주고 있다.

(1905년)

꽃놀이: 아시시의 성 프란치스코의 유년 시절

"체스코!" 하고 부르는 엄마의 목소리가 위에서 들렸다.

조용하고 따뜻하고 졸음이 가득한 이탈리아의 늦은 오후였다.

"체스코!" 다시 한 번 장난치는 듯한 매력적인 목소리가 들려왔다.

열두 살 먹은 이 소년은 거의 잠이 들어 마른 두 손을 깍지 끼어 무릎 위에 올려놓은 채 현관 계단 옆의 그늘이 어스름히 덮인 먼지투성이 돌바닥 위에 앉아 있었다. 실핏줄이 보이는 환한 이마 위로 갈색 곱슬머리가 흘러내렸다.

아, 얼마나 듣기 좋은 울림인가! 부드럽고 편안하고 경쾌한 어머니의 목소리, 온화하고 친근하고 또렷하고 품위 있는 어머니의 모든 것. 다정한 느낌을 잔뜩 받으며 프란치스코는 희미해진 목소리를 곰곰 떠올렸다. 그러다 잠깐 움찔하며 살짝 일어났으나 다시 빠르게 잠에 빠져들었다. 햇살 가득한 조용한 오후에 울리는 사랑스러운 목소리를 느끼는 사이에 생각들은 이미 아득해졌다.

세상에는 놀라운 일들이 있다. 얌전한 사람이라고 해서 모두 그와 같이 아버지 집 계단 그늘 구석에 숨는 건 아니고 아버지에게 응석을 부리고 어머니가 타이르는 소리를 듣는 건 아닐 텐데. 어디에나 이웃집과 우물과 삼나무 숲과 산등성이가 보일 뿐이었다. 늘 똑같이 그게 그것인 세상이었다. 말을 타고 프랑스와 영국과 스페인을 거쳐 온갖 성과 도시를 다니는 남자들이 있었다. 그곳에서 어떤 경건하고 훌륭한 남자가 죽음에 이르거나 아름답고 가난한 공주가 마법에 걸리거나 나쁜 일이 일어나면 영웅, 기사, 구원자가 나타나 커다란 칼을 빼 들고 정의를 바로 세우는 것이다. 혼자서 무어인 군대를 휘몰아쳐서 치욕적으로 도망치게끔 하는 기사가 있었다. 배를 타고 세상 끝까지 가는 사람들이 있었다. 폭풍우처럼 용감하고 위대한 그들의 이름과 업적이 온 나라에 퍼지는 것이다. 하인인 피에로가 어제 그에게 오를란도 Orlando[50]에 대한 이야기도 해줬다.

---

50 카를 대제의 스페인 원정에 참가했다 전사한 서양 중세의 기사. 프랑스에서는 롤랑 Roland이라고 한다. 그는 "롤랑의 노래"와 같은 많은 중세 문학 작품의 주인공으로 등장했다.

프란츠는 그늘에 앉아 실눈을 뜨고 포도덩굴로 덮인 주랑(柱廊) 돌기둥 사이, 이끼가 붙은 이웃집 지붕 옆 틈새로 먼 곳을 내다봤다. 움브리아의 평야 지대가 있었고 그 건너에 산들이 있었다. 산자락에 흰 종탑을 가진 작은 도시가 끝없이 점점이 붙어 있었다. 그 너머로 파란 하늘과 다채로울 세계가 펼쳐져 있었다. 얼마나 아름답고 얼마나 괴로울까! 저 너머에 있는 모든 것을 알고 싶었다. 모든 것을, 모든 것을. 강물과 다리를, 도시와 바다를, 수도와 진지를, 음악을 즐기는 기사 무리를, 말을 탄 영웅과 아름다운 귀족 여성을, 무술 시합과 현악 연주를, 금빛 무구와 살랑이는 비단 의복을! 모든 것이 준비되어 있었고 모든 것이 기다리고 있었다. 잔칫상이 차려져 있었다. 용기를 갖고 찾아오는 자가 그것을 독차지한다.

사람은 모름지기 용기를 가져야 한다. 한밤중에 유령과 원수 같은 마법사들로 가득하고 사람 뼈로 가득 찬 구덩이가 있는 낯선 황야를 지나갈 정도로 말이다. 베르나르도네의 아들 프란츠는 용기를 낼 수 있을까? 만약에 잡혀서 화가 잔뜩 난 무어 왕 앞에 끌려가거나 마법에 걸린 성에 갇힌다면? 쉬운 일은 아니다. 생각할 수도 없는 일이다. 정말 어렵고, 끔찍할 정도로 어려워서 그렇게 할 수 있는 사람은 무척 적을 것이다. 하지만 그렇게 한 사람이 있다면, 오를란도와 란셀로트[51]와 모두가 이 일을 해냈다면, 어느 한 젊은이가 그들과 똑같이 되는 것 말고 또 다른 일을 해낼 수 있을까? 콩놀이나 호박씨 심기나 했으려나? 수공업자나 상인이 되거나 성직자나 그 어떤 다른 무엇이 되었으려나?

하얀 이맛살이 찌푸려지고, 찡그린 눈썹 아래로 눈이 감겼다. 세상에, 결정하기가 정말 어렵구나. 시작하자마자 망한 젊은 기사와 시종이 얼마나 많았는가? 공주는 만나보지도 못하고, 자신을 칭송하는 노래는 한 편도 못 받고, 마부들 저녁 이야깃거리도 못 되었다. 그들은 맞아 죽고 독살되고 익사하고 바위에서 떨어져 죽고 용한테 잡아먹히고 구덩이에 파묻혀 죽었다. 헐벗고 궁핍한 생활을 하고 고통을 견뎌낸 것이 모두 허사로 돌아간 것이다!

프란츠는 마르고 햇볕에 탄 자기 손을 내려다보며 몸서리를 쳤다. 어쩌면 언젠가 사라센인한테 잘릴 수도 있고, 어쩌면 십자가에 못 박힐 수도 있고, 어쩌면 독수리한테 뜯길지도 모른다. 정말 끔찍한 일이다. 세상에 좋은 것들이 얼마나 많은데, 아름다운 것들이, 편한 것들이, 맛있는 것들이 이렇게나 많은데, 아, 이 얼마나 바보 같은 일이람! 아람이 잘 구워진 가을날 벽난롯불과 흰옷을 입은 귀족 따님들과 함께하는 봄날 꽃놀이도 있다. 그리고 열네 살이 될 때 아버지가 선물하기로 약속한 온순한 망아지도 있다. 아름답고 귀

---

51 아르투르 왕 전설에 등장하는 유명한 기사로 원탁의 기사 중 한 명이다.

한 수백 수천 가지의 다른 쉬운 일도 많이 있다. 이렇게 환한 그늘에 앉아 있기, 발바닥으로 해 가리기, 시원한 벽에 등 기대기 같은 것 말이다. 아니면 저녁에 침대에 누워 부드러운 온기만을 느끼며 살며시 조는 것도 있다. 어머니가 내 머리를 쓰다듬으며 하시는 말씀을 듣는 것도 있다. 자고 일어나기, 아침저녁, 좋은 냄새와 좋은 음악, 다양한 색, 귀엽고 예쁜 것 같은 것도 수천 가지나 있다.

모든 것을 경멸하고, 모든 것을 희생하고, 모든 것을 단판으로 걸고, 용을 이기거나(물론 갈가리 찢길 수도 있다) 왕으로부터 공작 작위를 받는 게 꼭 필요한 일일까? 그래야만 하나? 그것이 옳은 일일까?

이 아이는, 세상의 그 어떤 사람도, 아버지나 어머니도 그와 같은 아이가 진심으로 그런 말을 하고 그런 일을 꿈꾸고 해야 한다고 요구하지는 않는다는 것을 깨닫지 못하고 있었다. 아이는 그런 욕구를 느꼈다. 이상도 세워졌고, 사명이 내려졌고, 불이 당겨졌다. 하지만 어째서 가장 아름다운 것들은 그래야만 하며, 어째서 용맹함은 그렇게 어려워야만 하는가? 어째서 선택해야만 하고, 희생해야만 하고, 결정해야만 하는가? 마음에 드는 대로 그냥 할 수는 없는 건가? 맞는 말이다, 하지만 무엇이 마음에 드는 일이란 말인가? 전부 다이기도 하고 전부 다 아니기도 하다. 지금 당장은 전부 다 그렇지만 영원히 그런 일은 없다. 아, 이 목마름이란! 아, 이 애타는 욕망이란! 거기에다 이 얼마나 큰 고통이며 숨겨진 두려움이란 말인가!

아이는 흥분해서 무릎에 머리를 찧었다. 그렇다 하더라도 기사가 되기를 바랐다. 죽음을 당한다 하더라도, 사막에서 목마름에 시달린다 하더라도 어쨌거나 기사가 되기로 한 것이다. 마리에타와 피에로와 어머니도, 그리고 그 멍청한 라틴어 교사까지도 보게 될 것이다! 황금빛 투구엔 스페인 깃털 장식을 하고 이마엔 큼지막하게 상처가 난 채로 하얀 수말을 타고 고향으로 돌아오는 것이다.

아이는 한숨을 쉬며 다시 주저앉고는 포도덩굴로 휘감긴 돌기둥 사이를 바라봤다. 붉게 피어오르는 저 멀리에선 꿈과 약속이 푸른 그림자로 어른거렸다. 아이는 피에로가 칭고 안에서 장난감 공으로 내는 시끄러운 소리를 들었다. 아이 옆의 좁다란 그림자는 햇빛이 가득했던 거리에 또렷한 자국을 남기며 넓게 퍼져가고 있었다. 언덕 너머로 뜨거웠던 하늘이 금빛으로 부드러워졌다.

아이들 한 무리가 골목으로 올라왔다. 여자아이와 남자아이 일고여덟으로 이루어진 작은 무리였는데, 둘씩 짝을 지어 나란히 늘어서서 행진 놀이를 하고 있었다. 흙투성이 목과 옷에 화환을 두르고 손에는 들꽃을 들고 있었다. 아무렇게나 뜯은 미나리아재비꽃, 데이지꽃, 제라늄, 샐비어는 들풀에 섞여 반쯤은 고개를 숙이고 반쯤은 이미 시들어 있었

다. 아이들의 맨발이 돌바닥에 부딪혀 찰싹찰싹 여린 소리
가 났다. 좀 더 큰 아이는 옆에 서서 나막신으로 딸깍딸깍
부딪는 소리를 냈다. 아이들은 다 함께 후렴구를 가진 성가
토막처럼 들리는 짤막한 시 구절을 노래하고 있었다.

천 송이, 천 송이 꽃을
성모 마리아께 바칩니다……

이 작은 순례 행렬은 산 위로 올라가고 있었다. 조용했던
거리가 아이들 덕분에 조금 떠들썩해지며 생기가 일었다.
여자아이 하나가 맨 뒤에 쳐져 머리를 땋고 있었는데, 노래
와 무리를 놓칠까봐 다른 한쪽 갈래는 꽃과 함께 입으로 꼭
물고 서두르고 있었다. 무리는 꽃 몇 송이를 먼지 속에 떨
구고 지나갔다.

프란츠는 잘 알려진 노랫가락을 바로 따라 흥얼거렸다.
프란츠 역시 백 번도 넘게 이 놀이를 했다. 오랫동안 가장
재미있어 하던 놀이였다. 이제 더 나이를 먹고 아이들 장난
에 자주 끼지 않게 된 후로는 어린아이의 천진난만함과 이
런 경건한 놀이는 낯선 것이 되어버렸다. 그리고 프란츠는
이미 마음속으로 방황하는 지나치게 예민한 아이가 되어 이
런 즐거운 옛날 노래는 슬프고도 꾸짖는 것처럼 들렸다. 오
늘 영웅이 되기로 완전히 결정했기 때문에 아이들 놀이는

121

보잘것없는 잡동사니가 되었다.

프란츠는 태연하게 지나가는 아이들을 바라봤다. 풀린 갈래머리를 한 여자애 옆에 여섯 살쯤으로 보이는 남자아이가 걸어가고 있었다. 그 남자애는 마치 기수(旗手)처럼 풀이 죽은 꽃 몇 송이를 두 손으로 높이 치켜들고서 물을 건너듯이 깡충깡충 즐겁게 뛰어가고 있었다. 즐거움과 경건함에 푹 빠져 동그란 눈을 빛내며 음을 틀리게 부르고 있었다.

남자애는 "천 송이, 천 송이 꽃을 성모 마리아께 바칩니다!" 하고 뜨겁게 불렀다.

프란츠는 그 남자애를 바라보다 갑자기 변덕스럽게 이 꽃놀이의 아름다움과 경건함에 사로잡혔다. 옛날에 똑같은 놀이를 하며 겪은, 시들었던 감동이 끓어오르는 듯이 기억났기 때문이기도 했다. 프란츠는 열정이 솟구쳐 아이들에게 다가가서 불러 세우곤 잠깐 동안 집 앞에서 기다리라고 명령했다.

아이들은 너덜너덜해진 꽃을 쥐고 순순히 따르며 기다렸다. (프란츠는 지휘에 익숙하기도 했고, 부유하고 존경받는 자의 아들이기도 했다.) 노랫소리는 잦아들었다.

그러는 사이에 프란츠는 어머니가 가꾸는 정원으로 들어갔다. 담벼락 사이에 있는 서너 걸음 길이의 작은 꽃밭으로 어머니가 정성을 들여 가꾸고 기르는 곳이었다. 거기엔 꽃이 거의 없었다. 수선화는 시들었고 달걀꽃은 이미 씨를 맺고 있었다. 그러나 높게 자란 보라색 아이리스 두 다발이 꽃을 피우고 있었다. 어머니 것이었다. 가슴이 요동쳤다. 그러나 곧 크고 아름다운 꽃들을 움켜쥐고 꺾어버렸다. 물이 떨어지고 끈적거리는 줄기가 손 안에서 찌걱거렸다. 보라색이 하얗게 질린 봉오리 안쪽을 봤더니 노랗게 털이 숭숭 난 꽃술이 이상 없이 서 있었다. 꽃들에겐 참 안됐다는 느낌이 깊게 들었다.

프란츠는 돌아가서 아이 하나하나에게 아이리스를 나눠주었다. 자기도 손에 한 송이를 쥐고 행렬 맨 앞에 서서 나아갔다. 그렇게 다음 골목으로 들어서자, 아름다운 꽃과 모두가 알고 있는 주도자의 행동에 많은 아이들이 이끌려 따라나섰다. 꽃이 있는 아이와 없는 아이들이 뒤섞이고, 다음 골목에선 다른 아이들이 나타났다. 노래를 부르며 마침내 대성당 광장에 이르렀을 때엔 금빛 하늘 아래로 저녁 산이 남적색으로 빛나고 있었고, 이제 아이들은 거대한 무리가 되었다. "천 송이, 천 송이" 하며 노래를 부르고 대성당 앞에서 춤을 추었다. 프란츠도 얼굴을 붉히며 완전히 몰두해서 춤을 추었다. 저녁 마실 나온 사람들과 집으로 돌아가는 농부들이 멈춰 서서 구경했다. 어린 여자애들은 프란츠를 동경했다. 마침내 한 여자애가 대담하게도 모두가 바라기만 하던 일을 했다. 그 여자애는 잘생기고 젊은 프란츠 앞으로 나아가 손을 내밀고 같이 춤을 췄다. 큰 웃음소리와 박수갈

채가 터져 나왔다. 장난 같은 어린아이들의 숭배 의식이 한 순간에 조그맣고 즐거운 파티가 되었다. 작은 여자애의 입술에 머물던 어린애 웃음이 처녀 웃음이 되는 것처럼.

저녁 기도 시간이 되자 모두 뿔뿔이 흩어졌다. 프란츠는 열이 나고 흥분한 채로 집에 돌아왔다. 그러곤 처음으로 모자도 안 쓰고 맨발인 채로 행진을 하고 춤을 췄다는 사실을 깨달았다. 철이 든 아이들과 귀족 자제들과 교제를 하면서부터는 특히 조심스럽게 자제했던 일이다.

저녁을 먹고 난 프란츠가 스스로에게 견딜 수 없이 화가 나서 침대에 몸을 던졌을 때에, 자기가 짊어지기로 한 기사도와 절도 있는 남자의 의무가 다시 한 번 또렷하게 떠올랐다. 프란츠는 자기가 자제력을 잃을 수 있다는 데 대한 분노와 좌절로 창백해졌다. 눈을 감고 입술을 깨물며 전에도 자주 그랬듯이 가장 쓰라리게 스스로를 책망하고 경멸했다. 어머니 꽃을 꺾고 어린애 한 무리와 춤을 추고 놀러 나가는 훌륭한 영웅, 용감한 오를란도라니! 훌륭한 기사야, 정말! 그저 어릿광대에 천하고 경박한 놈일 뿐이지. 이런 자가 진정한 귀족이 되려 할 때에 어떻게 무너지는지 하느님은 아실 거야. 아, 저녁에 대성당 앞에서 춤을 출 때에 정말 빼어났지! 마음속에서 어렴풋한 금빛 미래가 빛났지! 사령관의 외침처럼 강렬하고 또렷하게 말하고, 꾀어내고, 독려하지 않았던가! 춤을 추고 희롱하다 마침내는 시골 처녀가 키스까지 하도록 하다니! 위선자! 방탕아! 그는 두 손을 꽉 말아 쥐고 자기비하와 자책으로 신음 소리를 냈다. 아, 이게 내가 저지른 모든 것이다! 언제나 훌륭하고 자존심 강하고 고귀한 마음으로 시작했다가, 변덕이 일고, 바람이 불고, 냄새가 나고, 어디에선가 유혹이 찾아오면 이 고귀한 영웅은 여느때와 마찬가지로 다시금 불량한 미치광이가 되는 것이다. 모든 게 다 이랬다. 아, 아니야, 높은 꿈과 경건한 결심과 감동 따위는 없어. 그런 건 더 귀족적이고 더 고귀한 다른 사람들을 위한 거지. 오, 란셀로트여! 오, 오를란도여! 오, 영웅시와 미래여, 트라시메노Trasimeno[52] 호숫가 산자락의 경건한 불길이여!

새벽녘에 문이 천천히 열리며 어머니가 조용히 들어왔다. 아버지가 여행을 떠났기 때문에 어머니는 프란츠와 같은 방에서 잠을 잤다. 어머니는 발을 들고 살금살금 프란츠의 침대 곁으로 다가왔다.

"아직 잠을 안 자니, 프란츠?" 어머니가 부드럽게 물었다.

프란츠는 잠을 자는 척하려고 노력했지만, 그럴 수가 없었다. 대답을 하지 않고 어머니 손을 꼭 쥐고만 있었다. 프란츠는 사랑스럽고 섬세한 목소리만큼이나 아름다운 어머니 손을 사랑했다. 어머니는 오른손으로 프란츠의 손을 잡

---

52 페루자 북서쪽에 있는 커다란 호수로, 기원전 217년 2차 포에니 전쟁 때에 카르타고의 한니발이 로마군을 궤멸한 곳으로 유명하다.

고 왼손으로 머리를 쓰다듬었다.

"무슨 일이 있었니, 애야?"

프란츠는 잠시 동안 침묵하다가 아주 조그만 목소리로 말했다. "나쁜 짓을 저질렀어요."

"그렇게 나쁜 일이야? 얘기해주렴, 프란츠야."

"오늘 엄마 꽃을 거의 다 꺾었어요. 파란 꽃들이요. 커다란 거 있잖아요. 다 꺾어버렸어요."

"알고 있단다. 아까 봤지. 그게 너였구나? 난 필리포나 그라페가 한 줄 알았지. 넌 그런 거친 행동은 하지 않으니까."

"정말 죄송해요. 그 꽃들은 아이들한테 줬어요."

"아이들?"

"아이들이 와서 우린 천 송이 놀이를 했어요!"

"너도? 너도 같이 놀았어?"

"네, 갑자기 같이 놀게 됐어요. 애들이 시든 들꽃을 들고 있어서 내가 예쁘게 꾸며주고 싶었어요."

"대성당까지 갔니?"

"네, 옛날처럼 대성당으로 갔어요."

어머니는 손을 프란츠 머리에 대었다.

"아니야, 그건 나쁜 짓이 아니야. 프란츠야, 만약에 네가 꽃밭을 경솔하게 망쳐버렸으면 그렇겠지! 하지만 그건 확실히 나쁜 짓이 아니야. 마음 놓으렴!"

프란츠는 조용히 누워 있었다. 어머니는 프란츠가 누그러졌다고 생각했다. 프란츠는 아주 조용히 다시 말하기 시작했다.

"그 꽃 때문이 아니에요."

"아니야? 그럼 뭣 때문이야?"

"말할 수 없어요."

"말해보렴, 그냥 말해봐! 부끄러운 일이라도 있었니?"

"어머니, 전 기사가 되고 싶어요."

"기사라고? 그래, 해볼 수 있겠지…… 근데 그게 무슨 상관이 있는데?"

"있어요! 상관이 있다구요! 어머닌 정말 나를 이해 못 해요. 보세요, 난 기사가 되려고 해요. 하지만 할 수 없어요! 언제나 바보짓만 하거든요. 기사가 되는 건 정말 어려워요, 정말로요. 진짜 기사는 절대로 나쁜 일이나 멍청한 일이이나 비웃음 살 일을 안 해요. 난 기사가 되고 싶고 그렇게 되려고 해요. 근데 기사가 될 수 없어요! 오늘 갑자기 애들하고 뛰쳐나가서 걔네들 앞에서 춤을 췄어요. 정말 어린애처럼요!"

어머니는 프란츠를 다시 베개에 눕혔다.

"바보 같은 소리 마라, 프란츠! 춤은 죄가 아니야. 기쁠 때나 남들을 즐겁게 하기 위해서라면 기사도 가끔은 춤을 춰도 된단다. 넌 아무것도 아닌 일에 스스로 괴로워한 거야. 사람은 하고 싶은 걸 모두 그대로 할 수는 없어. 기사도 한

땐 악동이었고 놀기도 하고 춤도 추고 다른 모든 것도 했지. 그런데 왜 기사가 되고 싶은지 말해보렴. 네가 신앙심이 깊고 용감하기 때문일까?"

"네, 맞아요. 그래야 내가 왕이나 공작이 될 수 있잖아요. 그리고 모든 사람들이 내 얘기를 할 거구요."

"모든 사람들이 네 얘기를 해야 하니?"

"네, 정말 그렇게 되고 싶어요."

"그렇다면 사람들이 너에 대해서 좋은 것만 말하게끔 노력해라. 그렇지 않으면 사람들 입에선 나쁜 얘기만 나오겠지."

어머니는 한동안 프란츠 옆에 머물면서 손을 잡아주었다. 프란츠의 순진한 소원과 결심과 그가 끌리는 열정적이고 고통스러운 흥분을 비교하고는, 어머니는 이상하게 마음이 무거워졌다. 이 아이는 확실히 사랑을 많이 경험할 것이고, 실망 또한 많이 겪을 것이다. 기사가 되지는 않을 것이다. 그건 꿈일 뿐이다. 하지만 프란츠는 좋든 나쁘든 낯선 무언가를 가지고 태어났다.

어머니는 어둠속에서 아들에게 십자 성호를 그어주고 마음속에 있던 이름을 지어줬다. 후에 그 스스로에게 붙여진 포베렐로라는 그 이름을.

(1919년)

헤르만 헤세의 숨겨진 걸작 『아시시의 성 프란치스코』를
보는 순간에 문득 새로운 천 년이 시작될 무렵에 독일 남부
의 어느 작은 도시에서 머물던 때가 떠올랐습니다. 이 책에
도 등장하는 프리드리히 바르바로사가 결혼식을 올렸다는
그 작은 도시에는 유서 깊은 대학이 있습니다. 그 대학 민속
학과에 다니면서 보고 듣고 전해지는 모든 이야기들, 곧 그
리스도교 성인들의 전기와 순교 기록, 기적, 우화, 순례, 봉
헌물, 유골, 민간 신앙(평범한 사람들이 신비함과 경건함을 이해하고
열망하는 모습이라고 하는 게 더 어울리는 말이겠습니다)을 다루는 세
미나에 푹 빠져 몇 년 동안 바스락거리는 책을 들추며 지내
곤 했습니다. 그리고 시간이 날 때마다 독일 남부 곳곳에 있
는 그리스도교 순례지를 돌아다니며 이 낯선 사람들의 깊은

마음속에 자리한 것이 무엇인지 곰곰 생각해보곤 했습니다.

그 당시를 돌이켜보면 당시에 읽던 글들이 그래서였는지 찾아다니던 곳이 그래서였는지, 늘 목마름과 고단함과 고독함과 뜨거움이 느긋함과 평온함과 즐거움과 나른함과 제 안에서 서로 만나 뒤섞여버린 상태로 나날을 보냈습니다. 널따랗고 평화로운 들판을 한가로이 걷거나 고요한 호수의 깊은 물을 들여다보거나 강가에 앉아 지나가는 크고 작은 배를 바라볼 때에는 더할 나위 없이 잠잠하고 평온한 상태였다가도, 언제 그랬냐는 듯이 곧바로 그 위에 몰아치는 그 어떤 폭풍우보다도 더 거세게 타오르는 열정에 휩싸이기를 거듭하기도 했습니다.

부끄러운 일이지만 그런 열정에 휩싸여 모르는 곳까지 자전거를 타고 나섰다가 한밤중도 훨씬 더 지난 때가 돼서야 가까스로 그친 적도 있었고, 순례지에 세워진 조그만 성당에 들어가 해가 져서 문 닫을 때가 지나도록 무릎을 꿇고 묵상에 빠진 적도 있었습니다. 그러고보니 그 광폭한 감정들은 어찌 보면 내면에서 뿜어져 나오는 욕구였을지도 모르겠습니다. 그리스도교의 성인들이 애타게 그리워하고 동경하던 이상향을 향해 몸과 마음을 다 바치던 것에 비할 바는 아니지만, 어쩌면 그때야말로 지금까지 살아온 제 짧은 인생에서 가장 비슷해지려고 노력하던 때가 아니었을까 생각해

봅니다. 이 책을 읽고 번역하면서, 고맙게도 제 스스로도 잘 이해하지 못하고 어지러웠던 당시를 잘 받아들이게 되었다는 느낌을 여러 번 받았습니다.

이 책은 헤르만 헤세가 1904년에 인류의 역사를 통틀어 그 누구보다도 유명하고 위대한 인물이며, 바로 그렇기 때문에 너무나 익숙해진 탓에 갈수록 잊히고 있는 인물인 성 프란치스코를 다시금 조명하고 일깨우기 위해 쓴 책입니다. 그런데 이 책은 그리스도교의 전통 속에 있는 성인 전기와는 조금 성격이 다릅니다. 왜냐하면 그 글들은 성인들이 얼마나 경건한 마음으로 하느님을 찬미하고 얼마나 성실히 하느님의 뜻을 따랐으며 얼마나 열정적으로 하느님을 증거하는지에 모든 것을 다 바치고 있기 때문입니다. 좀 거칠게 말하자면, 성인의 삶과 죽음을 통해 하느님의 영광을 드러내기 위해 지어진 글이라고 볼 수 있습니다. 그 글들의 목적은 읽는 사람이라면 자신의 신앙심을 돌이켜보고 참회하고 참다운 그리스도교 신자로 거듭나야 하는 것에 있습니다.

물론 이 책에서도 그런 면이 없는 것은 아닙니다. 그런데 헤세가 프란치스코의 전기를 쓰며 좀 더 주목한 것은 세속적 명예와 영화에 흠뻑 젖어 있던 한 남자가 보다 높은 정신세계의 참다움을 깨닫고 실현하면서 다른 사람들에게 새로운 세계와 새로운 삶이 가능하다는 것을 보여주는 것이었습

성 프란치스코 대성당, 아시시

니다. 전통적인 방식의 성인 전기가 하느님의 영광을 드러내고 그리스도교의 교의를 받아들이게끔 하는 데에 목적이 있다면, 헤세가 쓴 이 성인 전기는 굴복하지 않고 모든 것을 깨뜨리며 끝까지 싸우고 뛰어넘어 더 높은 세계로 나아가는 헤세적 인간형의 본보기를 보여주는 것이라 할 수 있습니다. 헤세가 쓴 성 프란치스코를 읽다보면 그의 페르소나인 카멘친트, 데미안, 크눌프 들과 비슷한 점이 곳곳에서 보입니다. 그래서 저는 될 수 있으면 번역할 때에 종교적인 색채보다는 그러한 인간형이 잘 드러나도록 말을 골랐습니다.

추측건대, 그렇기 때문에 헤세는 프란치스코가 겪은 유명한 환상들을 언급하지 않았던 것 같습니다. 프란치스코가 화려한 무구를 갖추고 전쟁에 뛰어들었다가 갑자기 풀이 죽어 돌아올 때에 꾼 꿈에서 하느님과 나눈 대화는 널리 알려져 있습니다. 그리고 그가 무너져가던 성 다미아노 성당에서 들은 메시지나 이노첸츠 3세가 꾼 꿈 또한 프란치스코의 생애를 조금이라도 아는 사람이라면 누구나 다 들은 이야기이기도 합니다.[53] 그러나 헤세는 이를 구태여 적고 있지 않습니다. 헤세는 세속적 열망을 버리고 더 높은 차원의 열망으로 나아가는 데에 명령과 구속보다는 결단과 의지의 측면을 강조하고 그것에 의미를 부여하고 싶었을까요. 또는 그 결단의 순간을 굳이 밝히지 않음으로써 영원히 비밀한 순간으로 남기고 싶었을까요. 외부의 충격에 의해서가 아니라 내면의 요구로 이루어지는 변화에 헤세는 더욱 큰 가치를 두고 싶어 한 것은 아닐는지요. 그렇기 때문에 이 책은, 전통적인 방식의 성인 전기라기보다는 헤세적 인간형을 고민하는 이야기로 읽고 싶습니다.

한편 이 책에는 유럽 중세 시대의 궁정과 전장에서 이름을 날리던 여러 영웅들이 곳곳에 등장합니다. 이 영웅들이

---

53 토마소 다첼라노는 1246년 무렵에 쓴 『성 프란치스코의 두 번째 전기』에서 프란치스코가 전쟁에서 갑자기 돌아올 때에 하느님과 다음과 같은 대화를 나눈 꿈을 꾸었다고 적고 있다.

"누가 네게 더 좋은 것을 주겠느냐? 주님이냐 노예냐?" 프란치스코가 내답했다. "주님입니다!" 그러자 목소리가 들렸다. "어째서 너는 주님 대신에 노예를 섬기느냐?" 프란치스코가 대답했다. "주님, 제가 무엇을 하기를 원하십니까?" 주님이 대답하셨다. "고향으로 돌아가라. 내가 너를 영적으로 가득 채우겠다."

그러나 헤세는 본문에서와 마찬가지로 부록으로 실린 서평에서도 "그가 돌아오게 된 이유는 불확실하다"고 하며 이 이야기의 언급을 피한다.

프란치스코가 성 다미아노 성당에서 기도할 때에 십자가에서 나온 메시지는 "무너져 사라진 내 집을 고치라"는 것이었다. 이 말씀에 따라 그는 성 다미아노 성당, 포르치운쿨라 등 무너진 성당을 다시 짓지만 곧 그 집은 교회 자체란 것을 깨닫는다.

그리고 전승에 의하면 이노첸츠 3세는 프란치스코의 믿음과 활동에 의심을 갖고 있었으나, 1210년 4월 16일 밤 꿈에서 프란치스코가 무너져가는 라테라노 대성당을 온몸으로 지탱하고 있는 모습을 보고 마음을 돌려 프란치스코회를 승인했다고 한다. 라테라노 대성당은 로마 교구의 주교좌성당이며 모든 총대주교구를 대표하여 구세주 예수 그리스도에 봉헌된 대성당으로 로마 가톨릭교회에서 첫째가는 "모든 성당의 어머니"로 불리는 지위를 지니고 있다. 원 이름은 "라테라노의 지극히 거룩하신 구세주와 성 요한 세례자와 성 요한 복음사가 대성당Archibasilica Sanctissimi Salvatoris et Sancti Iohannes Baptista et Evangelista in Laterano"이다.

야말로 젊은 프란치스코가 바라던 세속적 열망과 성취의 본보기였을 것입니다. 신성로마제국 황제나 그들에 대항했던 귀족이나 그 둘 위에 군림하며 권력을 휘둘렀던 교황은 프란치스코가 꿈꾸던 인물들이었습니다. 그러나 프란치스코가 마침내 되고자 했던 바는, 그리고 된 것은 그런 인물들이 아니었습니다. 헤세가 이 비교적 짧은 글에서 세속적 영웅들을 많이 등장시킨 이유는 프란치스코의 삶을 그들의 삶과 대비하기 위해서일지도 모릅니다. 이 책을 번역하면서 그들의 이름이 나오면 짤막하게 주석을 달아 독자의 이해를 도우려 했습니다. 그런데 이 세속 영웅들의 삶 또한 그리 간단한 것은 아닙니다. 실제로 저도 예전에 프리드리히 바르바로사의 이야기를 읽다가 머리카락이 다 빠지고 이가 다 빠져도 마치지 못하겠다는 생각이 들 정도로 텍스트의 바다에 빠지기도 했습니다. 이들의 삶을 몇 줄로 정리하는 것은 불가능할 것입니다. 그러니 주석을 단 제 의도를 헤아려주시고, 거칠고 두루뭉술한 이 짧은 주석들을 너그럽게 읽어주시길 바랍니다.

헤세는 세속 영웅들이 그들의 시대를 풍미하며 전 유럽을 호령했지만 결국에 승자는 프란치스코라고 말하고 있습니다. 왜냐하면 세속 영웅들이 지나간 발자국과 할퀸 자국은 이제 사라지거나 겨우 희미한 흔적만을 남기고 있을 뿐

산타마리아 델리안젤리 성당의 정원, 아시시

더러, 고작해야 남들보다 조금 더 이름이 알려진 정도인데, 프란치스코가 남긴 것은 지금까지도 굳건히 서 있기 때문입니다. 이는 비단 지금도 활발히 활동하고 있는 여러 프란치스코 수도회만을 말하는 것은 아닙니다. 헤세가 프란치스코를 단 한 편의 시를 남겼지만 가장 위대한 시인으로 칭송하고, 가장 겸손하고 가난하게 살았지만 화려한 삶을 살았던 그 어떤 사람들보다 가장 강렬한 예술적 모티브가 된 인물로 우러른 것은 그가 얼마나 위대하고 아름다운 정신을 성취했는지를, 그리고 그것이 지금까지 어떻게 이어지고 살아 있는지를 보여주기 위해서라고 생각합니다. 프란치스코야말로 세속적인 화려함과 위대함을 버리고 가장 겸손하고 가난하게 살아감으로써 새로운 시대정신을 낳고 세계를 근본적으로 바꾼 인물이라고 헤세는 말하고 있습니다. 펜은 칼보다 강하다고 하지만, 펜보다 강한 것은 가난과 겸손함입니다. 그리고 프란치스코에서 비롯한 세계를 우리는 "르네상스"라고 부르고 있습니다. 그 이후로 조토를 비롯한 수많은 후예들이 나타나 인간 정신의 아름다운 꽃을 활짝 피웠던 것입니다.

덧붙여서 말씀드릴 것은, 프란치스코의 유일한 노래인 「생명의 찬미가」는 제가 스스로 번역을 했지만, 여전히 한국어 번역으로는 고 최민순 요한 신부님(1912~1975)의 것이 가장 아름답다고 생각합니다. 독자 여러분께 꼭 최 신부님의 번역을 찾아 읽기를 청합니다. 다만 이 책의 담당 편집자와 몇 번 논의를 하며 새로이 번역을 하자고 결론을 내린 것은, 아무래도 번역이 많으면 많을수록 더 많은 의미와 맛이 살아난다는 것이었기에 창피함을 무릅쓰고 번역을 한 것입니다.

끝으로, 아시시의 발음은 "아씨지"에 가까우나 편집부의 편집 원칙을 존중하여 아시시로 표기하기를 받아들였습니다. 더 나은 번역을 위해 꼼꼼히 읽고 의견을 제시해준 편집부 여러분께 감사의 말씀을 드립니다.

아, 두 번째의 천 년이 시작할 즈음에 알지 못할 열정으로 불타던 청년은 이제 어느덧 더 높은 세상의 문을 열 나이가 되었습니다. 그러나 아직 그 문의 문고리는 보이지도 않고 잡히지도 않습니다. 제 손을 잡아 이끌어주소서, 성 프란치스코여.

2014년 3월 24일
정성원

아시시의 성 프란치스코

초판 1쇄 인쇄 2014년 5월 8일
초판 1쇄 발행 2014년 5월 15일

지은이 헤르만 헤세
옮긴이 정성원
펴낸이 정중모
펴낸곳 도서출판 열림원

편집 강희진 김다미 조혜정 고윤희 한나비 | **디자인** 주수현 서연미
홍보 김정일 | **제작** 윤준수 | **마케팅** 남기성 이수현 | **관리** 박지희 김은성 조아라

등록 1980년 5월 19일(제406-2003-026호)
주소 서울시 마포구 잔다리로 2길 7-0
전화 02-3144-3700 | **팩스** 02-3144-0775
홈페이지 www.yolimwon.com | **이메일** editor@yolimwon.com
트위터 twitter.com/Yolimwon

ISBN 978-89-7063-797-6 04850
       978-89-7063-796-9 (세트)

● 책값은 뒤표지에 있습니다.